KB065137

로크미디어가
유혹하는
재미있는 세상

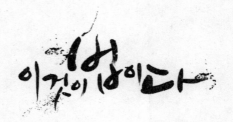

이것이 법이다

이것이 법이다 136

2022년 5월 4일 초판 1쇄 인쇄
2022년 5월 10일 초판 1쇄 발행

지은이 자카예프
발행인 김정수 강준규

기획 이기헌 왕소현 박경무 강민구
책임편집 최전경
마케팅지원 이원선

발행처 (주)로크미디어
출판등록 2003년 3월 24일
주소 서울시 마포구 성암로 330 DMC첨단산업센터 318호
Tel (02)3273-5135 **편집** 070-7863-8592 Fax (02)3273-5134
홈페이지 rokmedia.com E-mail rokmedia@empas.com

ⓒ 자카예프, 2015

값 8,000원

ISBN 979-11-354-7350-0 (136권)
ISBN 979-11-255-9575-5 04810 (세트)

이 책의 모든 내용에 대한 편권권은 저자와의 계약에 의해
(주)로크미디어에 있으므로 무단 복제, 수정, 배포 행위를 금합니다.

작가와의 협의에 의해 인지는 생략합니다.
잘못된 책은 구입처에서 바꾸어 드립니다.

이것이 법이다

136

자카예프 장편소설

ROK
MEDIA

로크미디어

이 소설은 픽션입니다.
등장하는 인물 및 지명 등은 현실과 연관이 없습니다.
또한 소설 내에 나오는 법이나 법리 해석의 경우에도 대
중문학의 극적 전개를 위하여 일부분 과장되거나 변형된
것이 존재하니 실제 법과 혼동하지 않으시길 바랍니다.

CONTENTS

과거의 책임과 미래의 이익

김성식 피습 사건. 그건 법조계를 발칵 뒤집었다.

김성식은 중수부장 출신이다.

전관 중에서도 중요한 전관 중 한 명이다.

그런 그가 누군가에게 습격받았다는 것.

그건 검사와 판사 들에게 자신도 피습당할 수 있다는 사실을 인지하게 만들었고, 그들은 다급하게 경찰을 동원해서 자신과 가족을 보호하기 시작했다.

'이건 뭐 고쳐지는 게 없군.'

노형진은 씁쓸하게 말했다.

지난번에 그 난리가 났을 때도 경찰을 갈아 넣더니 이번에도 마찬가지였다.

심지어 사태가 해결된 후에 바깥으로 나가 버린 사람들이 이제 와서 보안 아파트에 다시 입주할 수 있느냐고 물어보기까지 했다.

　"다행인지 불행인지 이번에는 개인 원한으로 인한 보복으로 보이지만요."

　검찰청으로 찾아온 노형진에게 진성욱은 피곤한 표정으로 말했다.

　"예상이 갑니까?"

　"그게 안 됩니다. 너무 사건이 많아요, 김 선배가 워낙 꼿꼿한 사람이었던지라."

　"그게 무슨 말씀이신지?"

　"사건 자체만 보면 한국의 100대 재벌 중에 선배랑 엮이지 않은 사람이 없습니다. 처벌을 받은 사람들까지 생각하면 그 숫자는 족히 사백 명은 될 테고요."

　"그 정도라고요?"

　"그런 분이 아니었다면 새론으로 가지도 않았겠지요."

　"하긴, 그건 그렇겠네요."

　아무리 노형진이 김성식의 동생을 구해 준 은혜가 있다고 해도 중수부 부장검사 출신이라는 것은 한국에서 가장 강력한 전관 권력 중 하나다.

　다른 곳에 간다면 건당 억 단위의 돈을 받으며 일하게 될 텐데 김성식은 그 모두를 마다하고 새론으로 왔다.

그 말은 그런 식으로 돈을 받아 가면서 사건을 무마하는 게 그의 성격에 맞지 않는다는 거다.

"의심스러운 곳이 있나요?"

"의심스러운 곳이야 한두 군데가 아니죠. 가장 의심스러운 건 두한인데⋯⋯."

노형진은 고개를 흔들었다.

"두한은 아닐 겁니다."

"어째서요?"

"두한 일가는 자신의 자리를 간신히 지키고 있으니까요."

실제로 두한 일가는 노형진에게 킬러를 보낸 적이 있다.

그러나 그때와 지금은 상황이 다르다.

그때는 킬러를 보내서 죽인다고 해도 문제가 되지 않았다.

하지만 지금 그들은 간신히 자리를 지키고 있는 상황이다.

두한자동차와 두한조선까지 팔아서 간신히 유지하고 있는 상황.

"그런 상황에서 김 대표님을 공격하면 멀쩡하게는 못 죽을 테니까요. 두한 놈들은 결코 멍청하지 않습니다."

최소한 자기 이권이 달려 있다고 하면 누구보다 더 똑똑하게 구는 놈들이 바로 두한이다.

그런 놈들이 지금같이 자기 자리가 위험한 상황에서 과연 김성식을 공격할까?

"그럴 거라면 저를 공격했겠지요."

원한만 보면 노형진에 대한 것이 더 클 테니까.

또한 김성식을 공격하나 노형진을 공격하나 결국 미다스에게 반격당하는 건 마찬가지일 테니, 당연히 김성식이 아니라 노형진을 공격했을 것이다.

"그러면 변수가 너무 많아지는데."

전성욱은 머리가 아프다는 표정이었다.

"기존에 중수부장이 없었던 건 아니지 않습니까?"

"중수부장이 없었던 건 아니죠. 하지만 대부분 권력과 손잡고 적당히 넘어갔습니다. 사회적으로 문제가 되었을 때나 적당히 조사하는 척했고요."

하지만 김성식은 그런 게 아니라 처음부터 끝까지 물고 늘어졌다.

사실 그래서 그가 중수부장으로 끝난 것이다.

중수부장이라고 하면 승진을 위한 코스나 마찬가지.

차기 검찰총장이라고 볼 수 있는 자리가 바로 중수부장이었다.

그러나 그는 물러나지 않고 다 물어뜯었고, 그 때문에 더이상 승진하지 못하고 그냥 나온 것이다.

"흠……."

노형진은 고민하는 눈치로 말했다.

"이상 징후를 보이는 기업들은 없습니까?"

"전혀요. 도리어 다들 납작 엎드리고 있는 상황입니다."

혹시나 자신들이 의심받을까 두려워해서 절대 아니라고 변호사들을 보내기도 했다고 한다.

"위에서는 뭐라고 하던가요?"

"위에서는 뭐, 그러니까 적당히 설쳤어야지 하는 식인지라……. 더군다나 얼마 전에 없어지기까지 했으니……."

원래 중수부, 즉 중앙수사부는 2013년 없어졌어야 했다.

하지만 역사가 비틀리면서 계속 존재하다가 쿠데타가 터지고 정권이 바뀐 후에야 결국 사라졌다.

"흠……."

노형진은 그 말을 들으면서 눈을 찌푸렸다.

"일단 과거 중수부 사건을 확인해 보시다가 의심되는 사건이 있으면 이야기해 주세요. 저는 회사에서 다른 사건을 확인해 보겠습니다."

"다른 사건요?"

"네. 중수부장 김성식이 아닌 변호사 김성식의 사건도 확인해야 하니까요."

지금 상황은 그냥 넘어갈 수 있는 것이 아니었다.

⚖

"회사에서 맡은 사건 중에는 그다지 특별한 게 없군요."

김성식 피습 사건의 진실을 찾기 위해 무태식은 노형진과 함께 그가 담당하던 사건을 뒤졌다.

"민사로는 손해배상 두 개, 친자 확인이 하나 그리고 명예 훼손이 하나. 형사로는 폭행이 하나, 살인이 하나."

많아 보이는 숫자. 그러나 실제로 그리 많은 것은 아니다.

사건 하나에 몇 달을 매달리는 게 보통이니까.

또한 김성식은 새론의 대표 변호사로서 다른 업무도 해야 하기 때문에 맡은 사건이 생각보다 많지 않아 이 정도였다.

"이 중에서 하나씩 골라내 보죠. 일단 형사부터 갑시다. 폭행과 살인이라……. 이게 누군가 보복을 할 만한 건일까요?"

무태식은 고개를 흔들었다.

"그렇잖아도 이 두 가지 사건은 제가 검토해 봤습니다만 보복을 할 정도는 아닙니다. 일단 이 사건에서 폭행은 가해자를 변론하는 쪽이었고 살인은 피해자를 보호하는 쪽입니다."

그런데 폭행의 경우는 워낙 가해자가 했다는 증거가 확실해서 딱히 해 줄 수 있는 게 없었다.

증인도 CCTV도 있었고, 가해자 역시 자신이 술 마시고 실수했다고 본인의 범죄를 인정하는 상황.

"기록대로라면 실형은 없이 벌금만 나올 것 같네요."

폭행으로 인한 피해도 큰 것은 아니었다.

전치 4주.

사실 한국에서는 멍만 들어도 전치 3주가 나오는 걸 감안하면 실형이 나올 가능성은 거의 없다.

"가해자 역시 딱히 그걸로 원한을 가질 이유는 없고요."

자신을 변호하는 변호사에게 보복하는 미친놈은 없다.

더군다나 제대로 변론하지 않아서라면 이해라도 하겠지만, 이 사건은 아직 재판이 끝나지도 않았다.

"살인 사건 역시 딱히 할 게 아니고."

애초에 변호사가 형사 단계에서 할 수 있는 건 거의 없다.

군이 찾자면 고소장을 써 주는 정도?

그럼에도 형사사건에 변호사가 끼는 이유는 추후 진행될 민사소송을 위해서다.

"일단 살인의 피의자는 감옥에 있구요. 구속 상태입니다."

그리고 보복할 만큼 잘사는 집의 자식도 아니다.

사건 자체도 단순했다.

술을 마시고, 자신을 거절한 여자를 차로 밀어 버린 사건.

음주 운전에 고의 살인인 만큼 형량은 제법 높을 테지만……

"이건 김성식 변호사님이 아닌 다른 사람이 맡았다고 해도 딱히 바뀔 건 없지요."

김성식 변호사 입장에서는 형사사건상의 고소장을 써 준 것뿐이고 아직 민사소송은 진행하지 않고 있다.

설사 민사를 진행 중이라고 해도, 담당 변호사를 죽인다고 해서 원고 측이 무조건 승리하는 것도 아니다.

"그리고 동원된 사람이 세 명인데 살인 피의자가 그 정도 인원을 동원할 수 있는 사람은 아니고요."

소설처럼 부자가 '감히 나를 거절해?' 같은 일이 벌어진 게 아니었다.

도리어 정신이상에 가까웠다.

안 그래도 살인범이 피해망상과 낮은 자존감을 가지고 있었는데 그게 거절로 인해 터져 나온 것뿐이다.

"그러면 형사사건은 아닌 것 같고, 남은 건 민사인데…….."

민사소송은 손해배상이 두 건 그리고 명예훼손이 한 건, 친자 확인이 한 건이다.

"손해배상은 한 건은 졌고 한 건은 이겼습니다. 진 쪽은 투자금 반환 청구 소송을 돌렸고."

"흔한 사건이네요."

투자를 했는데 그 투자 자체가 사기인 경우, 돈을 돌려받기 위한 방법은 두 가지다.

사기로 고소하는 것과 투자금 반환 청구 소송을 하는 것.

"형사사건에서 사기로는 진 거고, 고소 자체는 우리를 통하지 않고 직접 했고요. 민사만 위탁했는데…….."

"형사사건에서 졌군요."

형사에서는 투자금을 받은 행위에 사기의 목적이 있었다고 보지 않았기에, 자연스럽게 손해배상이 아니라 투자금 반환 청구 소송으로 바뀌게 되었다.

"이 사건은 총 6천만 원을 배상하라는 판결을 내렸는데 사기꾼이 중국으로 돈을 들고 도피한 상황입니다."

"중국으로 도피했다고요? 그러면 돌아오지 않을 가능성이 높은데."

"네. 그런 상황에서 굳이 김 변호사님을 노릴 이유는 없지요."

더군다나 동원된 킬러만 세 명이다.

킬러의 가격이 그렇게 쌀 리가 없다.

그러니 그쪽에서 그 돈을 들여 가면서 킬러를 보냈다고 보기도 힘들다.

"명예훼손의 경우는 재판이 진행 중이지만……."

"한국에서 명예훼손의 처벌이 그다지 강하지 않은 점을 감안하면 그리 큰 죄는 아닐 테고."

역시나 김성식을 죽이려 들 만한 사건은 딱히 없어 보였다.

"이 사건은 뭐지요? 친자 확인 소송?"

"아, 아버지로 추정되는 사람을 찾는 소송입니다."

"아버지?"

"네. 그런데 졌습니다."

"졌다고요? 뭐, 그러면 따질 필요도 없겠군요."

기록을 뒤적거리는 노형진.

친자 확인 소송에서 졌다면 딱히 문제 될 것도 없다.

당연히 유전자 검사를 했을 텐데, 그 결과 아버지일 가능성이 없다고 나와서 패소했을 테니까.

"응? 그런데 날짜가?"

노형진은 그걸 보다가 고개를 갸웃했다.

"많이 지났네요."

무려 4개월 전 사건이다.

이런 사건이라면 자연스럽게 종료 케이스로 분류되어서 사건 기록을 따로 보관하게 된다.

"일단 사건 진행 중으로 되어 있어서 가지고 온 겁니다만."

"이 사건들 중에서 살인까지 불사할 건 없어 보이는데, 과거의 사건도 확인해야 할까요?"

노형진은 눈을 찌푸렸다.

그리되면 일이 너무 많아진다. 한두 건이 아니니까.

물론 논리적으로 말도 안 되는 사건은 배제할 수도 있겠지만, 사람의 원한이라는 건 실로 황당한 이유로도 생기곤 한다.

단돈 5천 원에 살인까지 저지르는 게 바로 인간이다.

"흠……."

노형진은 사건 기록을 휙휙 넘기다가 맨 뒷장에 있는 작은 메모를 확인했다.

그러면 아버지는 누구? 그 MJ?

"MJ? 이게 누군지 아십니까?"

"모르겠습니다."

노형진은 그걸 보고 곰곰이 생각에 빠졌다.

"아무래도 김 대표님은 사건을 포기하지 않은 모양이네요."

"어떻게 아십니까?"

"그게 아니라면 굳이 MJ라고 이니셜을 써 둘 이유가 없지요."

그렇게 말하면서 노형진은 다시 한번 사건 기록을 확인했다.

"의뢰인이 한원현이라는 분이군요. 아니, 대리인이네요."

"네, 대리인입니다."

사건의 대리인 한원현. 그리고 소송 당사자는 한일해.

"일단 이 사건을 담당했던 직원과 한번 이야기해 봐야겠네요."

새론은 다른 곳과 다르게 한 명의 변호사당 한 개의 팀이 붙는다. 그래서 업무 처리 속도가 훨씬 빠르다.

그런 특성상 당시의 직원이 함께했던 사건의 전반적인 내용을 기억하고 있기에 사건에 대해 확인하는 건 어려운 일이 아니었다.

잠시 후 사무실로 들어온 직원에게 노형진은 그 사건을 넘겼다.

"혹시 이 사건 아십니까?"

"아, 이 사건요? 기억납니다. 김 대표님이 공을 많이 들였지요."

"따로 공을 들였다는 말씀이신가요?"

그건 의외의 말이었다.

사건은 다 각각의 사정이 있고 다 안타까운 법이다.

그래서 변호사들이 가장 먼저 배우는 것 중 하나가 바로 거리를 두는 법이다.

하나하나에 신경을 쓰면서 감정을 소모하면 끝도 없이 지치기 때문이다.

"의뢰인의 사정이 좋지 않거든요."

"의뢰인의 사정이 좋지 않다는 게……?"

"한원현 씨는 의뢰인의 외삼촌입니다. 엄마 성을 따라간 거고요. 어머니인 한혜숙 씨는 돌아가셨습니다."

"물론 안타깝기는 합니다만, 굳이 사정이 좋지 않다고 할 정도까지는……."

"아, 진짜 안타까운 이유는 한일해가 현재 소아백혈병이라는 겁니다. 나이는 고작 일곱 살이고요."

"소아백혈병요?"

"네. 다른 치료는 다 실패하고 남은 방법은 골수이식뿐이라고 하더군요."

"아!"

백혈병에서 최후의 방법이 바로 골수이식이다.

당연히 기증을 기대하고 있지만 사실 기증자를 찾는 건 쉬운 일이 아니다.

노형진도 관련 사건을 해 봤지만 기증자가 있어도 열 명 중 아홉 명은 막판에 거절하는 게 현실.

"남은 희망은 친족뿐이군요."

"그렇다고 들었습니다."

모계 쪽으로 검사를 했는데 맞지 않았다면 남은 건 부계뿐이다.

"애초에 자식 버린 새끼, 볼일도 없었다고 화를 냈다더군요."

하지만 아이가 백혈병에 걸려 죽음이 코앞으로 다가오자 어쩔 수 없이 친자 확인을 했다는 건데······.

"그런데 왜 이런 결과가 나온 겁니까?"

외삼촌 되는 사람이 그 사람이 아버지라 확신하고 친자 확인 소송을 한 점을 감안하면 유력한 후보일 가능성이 높다.

그런데 아니다?

"그게, 저희도 당사자랑은 이야기해 보지 않아서요. 저희랑 사이좋게 이야기할 상황도 아니었고."

"이해가 가네요."

난데없이 친자 확인 소송을 한다는 통보를 받았는데 기분이 좋을 리가 없다.

더군다나 그렇게 검사해서 자신의 자식이 아니라고 하면 더 짜증 날 수밖에 없다.

'그렇게 특정했다는 것 자체가 가족이 알 정도로 관계가 깊었다는 걸 의미하니까.'

그러니 화가 나서 그냥 가 버렸을 테고, 외삼촌인 한원현은 멘탈이 나가서 뭐라고 할 상황도 아니었을 것이다.

유일한 희망이 사라지는 순간이었을 테니.

"한일해는 아직 살아 있나요?"

"아직은 살아 있습니다. 한원현 씨가 집까지 담보로 잡아가면서 계속 항암 치료를 하고 있다고 하더군요."

"으음……."

노형진은 턱을 문지르다가 무태식에게 말했다.

"무태식 변호사님이 다른 사건을 좀 확인해 주시면 감사하겠습니다."

"네? 노 변호사님은요?"

"이 사건을 좀 알아봐야 할 것 같은 느낌이 강하게 드네요."

노형진은 서류를 다시 확인하며 말했다.

"후우, 이야기하기 싫은데."

소송 당사자였던 박한식을 찾는 건 어려운 일은 아니었다.

전화번호와 주소 모두 그대로니까.

"그때는 죄송했습니다. 하지만 법률적 과정이라는 게 있으니……."

"이봐요, 법률적 과정이고 나발이고, 그때 집안에 얼마나 난리가 났는지 압니까? 결혼해서 애까지 있는 사람한테 친자 확인 소송이라니, 하!"

확실히 박한식은 화를 낼 만하다.

아마도 그런 상황이었다면 이혼 이야기까지 나왔을 것이다.

"지금도 부부 상담 받고 있습니다. 그때 매일같이 싸워 댄 통에 우리 애도 충격받아서 애도 상담받아야 했다고요!"

"죄송합니다. 그 당시에는 의뢰인인 한원현 씨도 워낙 다급한 상황이라…….."

"씨발, 진짜."

"그래서 그러는데 저희가 사과의 의미로 조금…….."

노형진은 슬쩍 봉투를 건넸다.

물론 이런 상황에 변호사가 돈을 주는 경우는 없지만, 범인을 잡기 위해서는 조금이라도 의심쩍은 것은 무조건 파고들어야 했으니 어쩔 수 없었다.

이렇게라도 하지 않으면 그가 쉽게 도와줄 리가 없을 테니까.

"음?"

봉투를 열어 본 박한식은 움찔했다.

천만 원짜리 수표 세 장. 절대 적은 돈이 아니었다.

"상담비로 써 주시면 감사하겠습니다."

"끄응…….."

사과는 확실하게. 그리고 그 사과의 방식은 확실한 돈으로.

그게 자본주의식 사과였고, 다행히 박한식은 봉투를 양복 안주머니에 넣는 것으로 사과를 받아들였다.

"그래서 궁금한 게 뭡니까?"

"자세한 상황은 아실 테니 길게 이야기하지 않겠습니다.

혹시 한일해 군의 아버지로 의심 가는 사람이 있으십니까?
그 당시에 한일해 군의 모친인 한혜숙 씨와 교제하셨던 것
같은데."

"아, 씨발."

박한식은 짜증스럽게 머리를 문지르고는 한숨을 푹 쉬고
말했다.

"좋아요, 좋아. 처음부터 말해 드리죠."

박한식은 그 당시에 한혜숙과 교제하는 사이가 맞았다.

그리고 양쪽 집안에서도 이를 어느 정도 알고 친하게 지낸
것 또한 사실이었다.

아마도 별일 없었으면 무난하게 결혼까지 갔을 것이다.

"그런데 뜬금없이 그년이……. 후우, 진짜 죽은 사람한테 이
런 말 하기 싫지만 그 미친년이 갑자기 헤어지자고 했습니다."

박한식은 어떻게 해서든 그녀를 잡기 위해 노력했지만 한혜
숙은 차갑기 그지없었고, 결국 상심한 박한식은 군대를 갔다.

군대에 갔다가 아예 단기 하사를 하고 나왔는데, 당연하게
도 그녀는 그사이에 졸업했다.

"이게 내가 아는 전부입니다."

대학에서 흔하게 볼 수 있는 이별 스토리였고 딱히 반전이
있거나 하지도 않았다.

"왜 헤어지자고 했는지는 모르시고요?"

"그때는 몰랐지요."

하지만 이제는 안다. 그 시기에 맞는 나이를 가진 아이가 나타났으니까.

"이제 된 겁니까?"

"잠시만요."

노형진은 그가 해 준 이야기를 머릿속에서 정리했다.

'그러니까 교제 중에 다른 남자가 생겼다. 그건 흔한 일이야.'

자신은 박한식에게 물어서 답을 얻었지만, 그 답이 도출될 방법은 여러 가지가 있다.

'일단 아이의 나이를 생각하면…….'

대학을 다닐 때쯤 임신했다는 걸 알 수 있다.

'그렇다면 김 대표님은 대학을 털었겠군.'

대학을 조사하던 중 아마도 의심스러운 존재를 포착했을 것이다.

그게 바로 MJ.

"혹시 MJ라는 사람 아십니까?"

"누구요?"

"MJ요."

"그게 누구인데요?"

"모르시나요?"

"나이트 삐끼라도 된답니까?"

상황을 보아하니 아무래도 박한식은 전혀 모르는 모양이었다.

"그러면 학교를 다니다가 나중에라도 그녀가 누구와 교제한다거나 하는 소식은 못 들었습니까?"

"저 단기 하사관 하고 나왔다니까요."

하긴, 단기 하사관까지 하고 나왔다면 다른 사람들보다 훨씬 복학이 늦었을 수밖에 없다.

시기로 본다면 남자 동기들조차도 졸업했을 테니 그런 이야기를 들었을 가능성도 높지는 않다.

"혹시 그러면, 그걸 알아볼 만한 사람은 혹 모르시나요?"

"나 말고 동창회 쪽에 알아봐요. 난 그 여자 때문에 그쪽이랑 연 끊고 지내니까."

"아!"

그의 말에 노형진은 탄성을 내질렀다.

김성식이 어떻게 사건을 추적했는지 깨달았기 때문이다.

⚖

"한혜숙 씨 말이군요."

"네. 혹시 MJ라는 사람에 대해 아시는 분 있나요?"

"저도 MJ라는 이름은 처음 들어 보는데요. 애초에 그런 이름을 가진 사람은 없을 것 같고, 이니셜인 모양인데."

"그 영화에 나오는 사람 아냐?"

"여기서 그 사람이 왜 나와?"

"보이 그룹 멤버 아니야?"

"아, 그 애? 7년 전 사건이잖아. 그때는 걘 초등학생이겠다."

결국 동창회에서 이야기한 결과도 간단했다.

누군가의 이름의 이니셜일 거라는 추측.

"하지만 변수가 너무 많아요."

한국 사람들은 보통 세 글자 이름을 가진다.

이게 성과 이름인지 이름 두 글자만 뜻하는 건지 알 수가 없다는 게 문제다.

성과 이름이라면 무진우 같은 이름이 될 테지만 뒤에 두 글자라면 성무진 같은 이름이 될 테니까.

"외국인일까? 요즘은 유학생도 많잖아."

"아니요, 한국인입니다."

"그걸 어떻게 아시죠?"

"유전자 검사 결과가 있거든요."

"아……."

만일 한일해의 아버지가 외국인이었다면 유전자 검사 결과에서 흔적이 나왔을 것이다.

그리고 생김새 자체에도 이국적인 부분이 있을 것이다.

하지만 한일해는 전형적인 한국인이다.

물론 한국인들과 외관상 그리 차이가 나지 않는 일본인이나 중국인이라면 모르겠지만.

"한국인 MJ, 이건 완전 서울에서 김 서방 찾기인데."

"별명일 수도 있잖아요."

"그러면 더 곤란한 거잖아."

다들 곤혹스러워하는 그때, 누군가 안으로 들어왔다.

"무슨 일이야?"

"아, 과장님. 여기 MJ라는 분을 찾는 분이 계시네요."

"MJ? 걔 또 왜 찾아?"

"또?"

'또'라는 말에 노형진은 고개를 휙 돌렸다.

과장이라고 불린 남자는 뭔가 먹고 들어오는 듯 입을 쩝쩝 거리고 있었다.

"또라고 하셨습니까?"

"네? 아, 네. 몇 달 전에 한 분이 찾으시더라고요. 그것 때문에 얼마나 고생했는지…….

"그러면 혹시 찾은 게 있으신가요?"

몇 달 전이라면 아마도 김성식이었을 가능성이 높을 것이다.

"그런데 누구신데요? 저희가 그렇게 쉽사리 정보를 알려 드릴 수가 없어서요."

"법무 법인 새론에서 나왔습니다."

노형진은 명함을 건네며 말했다.

아니나 다를까, 명함을 받은 남자는 살짝 당황했다.

"새론요?"

"네, 김성식 변호사님이 사고가 나셔서요."

"사고라니?"

노형진은 자초지종을 설명했다.

남자는 놀란 표정을 지었다.

"몰랐습니다, 그런 일이 있었을 줄은."

"그래서 말인데 혹시 아시는 게 있습니까?"

"일단, MJ라는 사람은 못 찾았습니다."

'그랬겠지.'

만일 찾았다면 MJ라는 애매한 표현이 아니라 이름이 적혀 있었을 테니까.

하지만 그렇다고 해서 정보가 아예 없지는 않을 것이다.

정보가 아예 없었다면 그 MJ라는 사람이 아버지라고 의심 하지도 않았을 테니까.

"나중에라도 뭐든 나오면 이 명함의 연락처로 연락드리지요."

이미 한번 뒤졌다는 말에 노형진은 고개를 숙여서 인사를 건네고 그곳을 떠났다.

한번 뒤져도 나오지 않은 것이니 어느 정도는 시간이 걸릴 것이라 생각했기 때문이다.

그런데 뜻밖에도 그에게서 연락이 온 건 거의 바로였다.

ㅡ저녁 12시에 둔천동에 있는 차가운밤에서 뵙겠습니다.

"이게 뭔 소리지?"

노형진은 그걸 보고 눈을 찌푸렸다.

⚖

차가운 밤.

룸 형식으로 되어 있는 바였다.

노형진이 도착했을 때 남자는 이미 자리를 잡고 기다리고 있었다.

"이렇게 와 주셔서 감사합니다."

"정보를 주신다고 하니 감사히 와야지요. 그런데 무슨 정보이기에 이렇게 조용히 부르신 겁니까?"

"그 MJ라는 놈이 누군지 알 것 같거든요."

"네? 아까는 모르시겠다면서요?"

"공식적으로는 그렇지요. 전산상에 남아 있는 이름도 아니고요."

"그러면?"

"별명입니다. 그것도 자칭."

"자칭?"

"예상이 가는 사람이 한 명 있습니다. 같은 대학을 다녔지요. 주안호라고, 외국에서 공부하다 온 놈입니다. 원래 이름은 주안호인데 외국에서 살다 와서 그런지 자신을 마이클이라고 불러 달라고 했지요."

"마이클? 주?"

미국의 이름은 성이 뒤로 간다.

그렇다면 이름인 마이클의 M과 성인 주의 J를 합치면 MJ 가 된다.

"혹시 처음부터 알고 있었습니까?"

"아니요. 그건 아닙니다. 친한 것도 아니었고요. 외국에서 살다 와서 좀…… 감성이 남달랐다고 해야 하나? 하여간 군대 까지 갔다 온 저희들하고는 좀 안 맞았죠. 그래서 김성식 변 호사님이 왔을 때는 생각도 못 했습니다. 기억도 못 했으니 까. 그런데 김 변호사님이 습격당했다는 말에 생각났습니다."

"습격 때문에요? 뜬금없이 말입니까?"

"집안이 좀 대단했습니다. 애초에 저희가 다녔던 백신대 학교의 주인이 그 애 집안이었으니까요."

"네? 그게 무슨 말씀이십니까?"

"집안이 백신대학교 사학을 소유하고 있었습니다. 그 녀 석도 그걸 믿고 상당히 안하무인으로 행동했습니다. 그래서 거리를 둔 것도 있지요."

"그게 무슨 상관입니까?"

사학을 소유하고 있다고 해서 그들이 범인이라는 건 아니다.

"사학이 아니라 그 집안 자체가, 그…… 질이 좀 안 좋습 니다."

"질이 안 좋아요?"

"네, 그래서 생각난 겁니다. 제가 재학할 당시에 학교에서 경비하시는 분들하고 청소하시는 분들의 시위가 있었습니다. 그런데 그때 깡패를 동원해서 제압했어요."

"깡패요?"

"네. 두 눈으로 똑똑히 봤습니다."

시위라는 건 결국 노동운동이다.

그 이유나 요구 사항이 뭔지는 몰라도, 어지간해서는 깡패까지 동원해서 강제해산 시키지는 않는다.

하물며 대학은 학생들이 많기 때문에 증인도 많다.

그런데 깡패를 동원해서 시위를 강제해산 시킨다?

그리고 그걸 지역 경찰이 그냥 둔다?

'어마어마한 정경 유착이 있었나 보군.'

그렇지 않다면 그걸 가만두고 볼 리가 없다.

언론사에서도 달려들어서 물어뜯었을 일이다.

"대충 무슨 의미인지 아시겠지요?"

"알 것 같습니다. 그래서 습격당했다는 말에 기억이 나신 거군요."

깡패를 동원해서 시위를 해산시켰다.

변호사가 습격당했다.

둘 모두 돈을 동원해서 상대방을 묻어 버리는 행위다.

"네."

"그런데 왜 거기서 말씀하지 않으시고요? 동창회 사무실이라고 해도 거기랑은 완전히 별개일 텐데요?"

"그게······ 그쪽 집안도 대단하지만 처가는 더 대단하거든
요. 저도 좀 걱정이 되어서."

"처가요?"

"처가가 오렌지저축은행입니다."

"오렌지저축은행요?"

한국에서 상당한 규모를 가진 은행으로, 한국 내 제1금융
권 은행이 아닌 제2금융권인 저축은행 기준으로 한다면 대략
3위 정도 위치다.

일반 은행 기준으로는 바닥이라고 할 수 있지만 애초에 일
반 은행이라는 게 한국에 몇 안 되고, 그 아래인 저축은행이
사채에 가까운 성향을 가지고 있다는 점을 감안하면 그 안에
서 3위라는 것 자체만으로도 대단한 거다.

"그러고 보니 그 녀석이 결혼하기 전에 이상한 소문도 있
었습니다."

"이상한 소문이라니요?"

"다른 과의 여학생이 그 애랑 싸우다가 두들겨 맞았다나
뭐라나 하는 그런 소문요."

"다른 과? 혹시 학과가······?"

"저는 경영학과입니다. 주안호도 같은 학과이고요."

노형진은 눈을 찌푸렸다.

한혜숙은 화학공학과다. 과를 떠나서 완전히 문과와 이과

로 나뉜다.

'그러니 주변에서 몰랐겠군.'

만일 같은 과였거나 하다못해 수업이라도 겹치는 게 있는 문과 계열이었다면 박한식이 알았을 수도 있다.

하지만 다른 학과, 그것도 이과 계열이었다면 접점이 없으니 별명이나 사정을 알 리가 없다.

"그러면 그 오렌지저축은행의 따님은?"

"애초에 우리 학교 학생도 아닌 걸로 알고 있습니다."

노형진은 눈을 찌푸렸다.

대충 상황은 알겠다.

김성식이 MJ라는 이름을 어떻게 알았는지는 알 수 없지만 일단 한혜숙은 MJ라는 존재와 눈이 맞았고, 그래서 아이를 가지게 된 것이다.

그러나 소문의 상황을 들어 보니 그 관계가 행복하게 끝나지는 않은 듯했다.

그래서 버려졌고.

당연하게도 그 MJ는 주안호일 가능성이 높다.

'그런데 그렇다고 해서 살인까지?'

더군다나 전문 킬러를 세 명이나 보내서?

다른 사람도 아닌 중수부의 부장검사 출신인 김성식을?

'아니다, 아니야. 여기서 중수부는 본의 아닌 함정이겠지.'

그들이 감추고자 하는 건 큰 범죄가 아니라 그 핏줄에 관한 부분이다.

그러니 그걸 파고드는 사람을 막고 싶었을 것이다.

'그게 바로 김성식 변호사님이었을 거고.'

중수부 출신과 상관없이 변호사 개인으로서의 판단.

그 말은 김성식이 계속 파고든다면 MJ를 찾고 친자 확인 소송을 하게 된다는 거다.

그걸 막는 방법은 하나뿐이다.

바로 김성식이 멈추게 하는 것.

'하지만 그래도 여전히 이해가 안 가.'

아무리 자신에게 혼외 자식이 있다는 걸 감추고 싶다고 해도 과연 살인까지 불사할까?

그럴 것 같지는 않다.

주안호라면 돈이 있으니 적당히 쥐여 주고 조용히 묻어 버리려고 할 것이다.

더군다나 살인을 불사할 정도로 추적 사실을 알고 있다면 당연히 왜 친아버지를 찾는지 모르지는 않을 테고, 그냥 검사를 받고 골수를 기증하는 정도만 해 준다고 해도 한원현은 조용히 물러날 것이다.

애초에 한원현은 단 한 번도 아이아버지를 찾으려고 하지 않고 조카인 한일해를 본인이 키워 왔으니까.

"뭔가 이상하신 모양이네요."

"아니, 살인까지 하려고 했다는 게 이상해서요."

"그게…… 이게 사실 내부 정보라 말씀드리기가 애매합니다만."

"무슨 말씀이신지?"

"아무래도 학교에서 일하게 되는 사람들은 거기 출신이 가산점을 받으니까요. 그래서 학교 내부에 제 동기가 있습니다."

"그런데요?"

"학교 상황이 많이 안 좋다고 하더군요. 지금은 간신히 버티는 중이라고."

노형진은 눈을 찡그렸다.

⚖️

"백신대학교는 확실히 상황이 안 좋더군요."

상황이 이해가 가기 시작한 노형진은 관련 서류를 확인해서 변호사들에게 나눠 줬다.

다른 사람도 아닌 회사의 대표가 공격당했는데 그냥 있을 수는 없기에 모두가 모여서 이번 사태를 해결하기 위해 노력 중이었다.

"지방 4년제 대학이라는 특성상 인구 감소의 영향을 치명타로 받았습니다."

신생아의 감소는 학생 수의 감소로 이어졌고, 학생 수의 감소는 대학에 치명타가 되었다.

실제로 전국에 있는 대학생 총원보다 지원자 숫자가 적어지는 상황이 얼마 안 남았다고 하는 판이다.

　그리고 그렇게 경쟁이 약해지면 백신대학교 같은 지방대는 현실적으로 불리할 수밖에 없다.

　"그래서 백신대학교는 중국 유학생을 적극적으로 공략했습니다."

　중국어 채널을 만들고 중국인 강사를 도입하는 등, 중국 유학생들을 받아들이기 위해 엄청나게 노력했다.

　그 결과 역반응으로 한국 내에서는 입지가 더 줄어들었다.

　학생의 3분의 2가 중국 학생인데 한국인 중에서 누가 거기에 가고 싶어 하겠는가?

　"그리고 한한령이 터졌죠."

　한한령.

　미국이 한국에 탄도탄 방어 시스템을 설치하는 것을 가지고 중국에서 태클을 건 사건.

　이건 원래 역사와 똑같이 흘렀다.

　약점이 잡혀 있던 홍안수가 원래 역사처럼 미국의 요구를 무조건 받아들였기 때문이다.

　그 때문에 중국은 한한령을 발동시켰고, 그 안에는 한국 유학생의 출국 금지도 포함되어 있었다.

　"백신대학교 입장에서는 치명타군."

　송정한은 기록을 보면서 진지한 표정으로 말했다.

아직 깨어나지 못한 김성식을 대신해서 새론을 이끄는 그는 이번 사건을 심각하게 생각하고 있었다.

"맞습니다."

안 그래도 한국 학생을 버리고 중국 학생에 몰빵 한 상황에서 한한령은 백신대학교의 숨통을 끊어 버리는 행동이나 마찬가지였다.

"그래서 확인해 보니 백신대학교의 땅과 자산은 대부분 오렌지저축은행에 담보로 잡혀 있습니다. 감정가가 생각보다 높더군요."

"처가 덕을 봤다 이거군."

'아직 한한령이 풀리려면 시간이 좀 더 있어야 하지.'

그리고 백신대학교는 코너에 몰린 상황이다.

그 상황에서 주안호에게 혼외 자식이 있었음이 드러난다면?

그리고 그로 인해 친자 확인 소송까지 걸린다면?

"오렌지저축은행에서 어떻게 할까요?"

"대충 답 나오는군. 이런 경우는 대부분 일종의 정략결혼이니까."

오렌지저축은행은 백신대학교의 주인인 주씨 집안이 적당한 혼처라 생각했을 것이다. 그러니 실제로 결혼까지 이루어졌으리라.

"하지만 이제는 상황이 달라졌지요."

상황이 달라져서, 이제 주씨 집안은 사실상 거덜이 났다.

잡혀 있는 땅과 건물을 다 팔아도 빚을 갚을 수 있을까 말까 한 상황에, 더군다나 이놈의 한한령은 언제 풀릴지 알 수도 없다.

설사 한한령이 풀려도 문제인 게, 빚을 지는 건 한순간이지만 그걸 갚는 건 아주 오래 걸릴 수밖에 없다.

더군다나 한한령 동안에 휴학한 학생들이 모두 복학을 할 거라는 보장도 없고, 그 빈자리를 또 다른 중국 학생들이 채워 줄 거라는 보장도 없다.

"주안호의 아내는 올해 서른두 살입니다. 이혼한 후에도 재혼하는 데 전혀 문제가 없는 나이죠."

"정략결혼에서 갈아타기란 말인가?"

"그렇습니다. 문제가 되는 건 단 하나, 재산 분할뿐입니다만……."

어찌 되었건 적지 않은 시간을 같이 살았고 이미 후계자로서 받은 주식이 적지 않은 상황이기에 재산 분할을 하게 되면 주식을 빼앗길 수 있어서, 이제는 쓸모없는 카드라고 해도 그쪽에서는 섣불리 이혼하자는 소리를 할 수가 없다.

"그런 와중에 이번 일이 터진 것 같습니다."

"확실히 혼외자가 있다는 건 명백한 이혼 사유가 되기는 하지. 남자 쪽에 불리한 것도 사실이고."

송정한의 말에 고연미 변호사가 약간 이상하다는 표정이 되었다.

"하지만 아무래도 정상참작이 되지 않을까요? 이미 오래 전에 있었던 일이고 결혼 전에 생긴 문제인데."

"그게 그렇게 쉬운 문제가 아닌 것 같습니다."

일단 한혜숙이 왜 아이의 부친을 감췄는지를 알 수가 없다.

심지어 그녀의 오빠 한원현조차도 진짜 아빠가 누구인지는 듣지 못했다.

"그리고 한일해의 생일이 주안호의 결혼 몇 달 후입니다."

"아, 그래요?"

"네. 그 사실이 가지는 파괴력은 어마어마하지요."

혼전 성관계? 그건 있을 수 있다.

한국은 성적 자기 결정권이 있는 나라니까.

그러나 결혼을 전제로 교제 중이라면 이야기가 달라진다.

한일해의 생일은 주안호의 결혼일로부터 8개월 후다.

그러니까 아무리 좋게 생각해도 결혼하기 바로 직전에 다른 여자와 성관계를 했다는 거다.

임신 기간은 10개월. 일반적으로 결혼 준비 기간이 6개월쯤 걸린다는 점을 감안하면 결혼식 준비 중에 관계가 있었을 수밖에 없다.

"한혜숙이 한일해의 출생과 관련된 이야기를 주안호에게 했다면 그건 명백한 기만행위거든요."

그리고 증거는 없지만 대부분의 경우 아이를 임신하거나 출산하게 되면 아버지에게 알린다.

"아이가 생기고 나서 결혼했다, 그랬다면 남자 쪽에서 그 사실을 알고도 감추고 결혼했다고 생각하는 게 일반적이지요."

"하지만 한혜숙이 감췄을 가능성도 있잖아요. 그런 경우가 아예 없는 것도 아니고."

실제로 그런 경우도 제법 된다.

그런 상황이면 대부분의 남자들이 낙태를 강요하기 때문이다.

그래서 많은 여자들이 아이를 지키기 위해 임신 사실 자체를 비밀로 하거나 낙태 강요를 피해서 도망가기도 한다.

"그건 맞습니다. 문제는, 이제는 그걸 증명할 방법이 없다는 거죠."

당사자인 한혜숙은 이미 사망한 지 오래되었고 아이아버지에 대한 어떠한 흔적도 남기지 않았다.

"결국 남은 건 재판부의 판단뿐입니다."

"확실히 그렇지. 그리고 내가 판사라면, 아마도 남자가 여자 측을 협박하든 해서 비밀을 감췄다고 생각할 걸세."

낙태를 피해서 도망갈 수는 있다.

하지만 일단 아이가 태어난 후에는 여자가 남자에게 양육비를 청구할 수 있게 된다.

실제로 남자가 낙태를 강제하는 가장 큰 이유 중 하나가 바로 그거다.

법적으로 양육비를 청구하지 않겠다고 하는 그 어떠한 형태의 서류도 법적인 효력이 인정되지 않으므로, 여자가 아이를 낳는 순간 남자는 강제로 양육비를 지급하게 되어 있기 때문이다.

물론 그 반대로 여자가 아이를 낳고 남자에게 내팽개치고 도망가면 남자는 무조건 여자에게 양육비를 청구할 수 있다.

"그런데 무려 7년이나 감추고 있었지요. 이런 경우는 아무래도 협박이나 기타 방법으로 은닉했다고 보는 게 타당할 겁니다. 더군다나 주안호는 졸업을 하자마자 결혼했어요."

그리고 한일해의 출생일을 기준으로 계산하면, 한일해를 임신한 시기가 약혼하고 정식으로 교제하던 시기와 맞아떨어진다.

"즉, 설사 몰랐다고 해도 주안호가 약혼한 상태에서 다른 여성과 성관계를 했다는 건 부정할 수 없는 사실이지요."

그 하나하나가 이혼을 원하는 사람에게는 상대방에게 들이밀 수 있는 강력한 이혼 사유가 된다.

"아마 그렇다면 재산 분할은커녕 도리어 막대한 위자료를 물어 주고 나와야 할지도 모릅니다."

"하지만 이런 경우는 위자료가 문제가 아니게 될 테지."

오렌지저축은행이 바보도 아니고 고작 위자료 몇 푼으로 퉁칠까?

아무리 정략결혼이라고 하지만 딸에게 이혼녀라는 꼬리표가 붙었다.

당연히 그 보복을 하려고 할 것이다.

아마도 은행 담보부터 처리하려고 할 테고.

"주씨 집안은 말 그대로 한순간에 박살 날 겁니다."

이혼이 문제가 아니라, 그로 인해 오렌지저축은행에 버려지게 되면 그다음부터 벌어질 일들은 심각한 문제가 될 수밖에 없다.

"자네는 그걸 막기 위해 그쪽 집안에서 킬러를 보냈다고 생각하나?"

"현재는 그렇습니다. 일단 의심스러운 상황이지 않습니까?"

다른 의심스러운 놈들도 물론 많다.

하지만 그들은 너무 의심스럽기에 도리어 섣불리 이런 짓거리를 하기 힘들다는 게 함정이다.

"하이 리스크 하이 리턴이라는 게 그냥 생긴 말이 아니지요. 인간은 모든 행동에서 이득을 봐야 움직입니다. 특히 사업하는 사람들은 더더욱 그렇지요."

그런 자들이 아무런 이득도 없이 그냥 단순히 복수를 위해 킬러를 보낸다? 그건 논리적으로 말이 안 된다.

"그러니 현실적으로 본다면 이번 사건에서 가장 큰 이득을 보는 건 그들입니다."

"하지만 여전히 MJ라는 이름을 김성식 대표가 어디서 봤는지 알 수가 없지 않나?"

"그게 문제이기는 합니다만."

분명 김성식이 MJ라는 이름을 보고 사건을 진행한 건 사실이다.

　그런데 어디서 그 이름을 봤는지 알지를 못하니 지금은 추적이 불가능하다.

　"더군다나 그들이 어떻게 친자 확인 소송 사실을 알았느냐는 건 더 문제죠."

　완전히 잊어버리고 있다가 어느 순간 '아, 생각해 보니 내가 그런 애랑 사귀었구나. 혹시 모르니 한번 확인해 볼까?'라고 생각하는 놈은 없다.

　당연히 뭔가 알 기회가 생겨야 기억해 낸다.

　"그건 김 대표가 일어나야 알 것 같은데."

　김성식은 생명에는 지장이 없다지만 여전히 혼수상태였다.

　워낙 피를 많이 흘린 탓이었다.

　"중요한 건 그들이 우리를 공격했다는 겁니다. 그리고 이게 의미하는 건 하나뿐이고요."

　이게 성공하면 누군가가 또 똑같은 짓을 하게 된다는 거다.

　"그러면 어쩌실 생각입니까? 증거도 없이 그놈들을 흔들 수는 없는 노릇인데."

　무태식은 떨떠름하게 말했다.

　검찰에서는 기를 쓰고 범인을 추적하고 있지만 애석하게도 그들을 잡지는 못하고 있었다.

　마지막으로 확인한 것은 인천항. 그것도 중국으로 가는 부두다.

즉, 그들은 지금쯤 중국에서 잘 지내고 있을 거라는 거다.

애초에 그들은 한국인도 아니었다.

"정공법으로 가지요."

"정공법? 설마 그들의 계좌를 공격하시겠다는 겁니까?"

확실히 노형진이 그동안 그런 식으로 자본가들을 무너트리기는 했다. 그게 제일 효과가 좋았으니까.

"하지만 애초에 상황도 안 좋은데요. 더군다나 딱히 기업을 운영하는 게 아니니 그들을 직접적으로 공격하기도 애매한 상황입니다."

노형진은 피식 웃었다.

"제 정공법이 아니라 법률적 정공법을 쓸 겁니다. 친자 확인 소송요."

"네?"

"친자 확인 소송 대상이 누구라고 정해져 있는 건 아니지 않습니까?"

"아!"

"그렇군. 친자 확인 소송은 그렇지."

무태식도 송정한도 아차 싶은 표정이 되었다.

김성식 사건에 집중하다 보니 정작 그들이 가장 두려워하는 것을 잊어버리고 있었던 것이다.

"그런데 오렌지저축은행이 그걸 두고 볼까 걱정이군. 솔직히 이번 사건에서 문제점은 두 가지라네."

그런데 의외의 말이 송정한에게서 나왔다.

"오렌지저축은행이야 이혼의 시점을 재고만 있을 텐데요?"

"알고 있네. 하지만 아직까지 이혼하지 않았지. 이미 주씨 일가는 끝장나고 있는 상황인데 말이야."

"그게 무슨 말씀이신지?"

사실 오렌지저축은행은 노형진과 그다지 접점이 없다.

규모가 한국에서는 알아주지만 마이더스와 거래한 적도 없고.

"첫 번째는, 오렌지저축은행을 이끄는 김태진은 명예를 소중히 여기는 사람이라는 거야. 명예라기보다는 신용이라고 해야 하나? 그러한 신념 하나로 자수성가한 사람이 김태진이야."

"안 그런 사람이 있습니까?"

"아니, 단순히 입으로만 명예를 이야기하는 게 아니라는 걸세. 말로만 가문의 영광이니 명예니 하는 놈들이야 널리고 널렸지만, 김태진은 좀 다르네."

실제로 집안의 명예가 실추되는 걸 극도로 꺼리는 타입이라고 한다.

"자네는 당장 이혼을 원할 거라고 생각하고 있지. 하지만 김태진 입장에서는 이혼시키기가 애매해. 처지가 어려운 사돈을 버렸다는 비난을 받기 싫을 테니까."

"그게 무슨 말도 안 되는 소리입니까? 그렇게 착한 사람이라고요?"

"착하다기보다는, 자신이 명백하게 피해자 포지션이 되어야 이혼을 추진할 거라는 거지. 노 변호사가 당연히 이혼할 거라고 너무 낙관적으로 생각하는 것 같아서 말이야. 사람마다 사건에 대한 대응책은 달라. 단순히 생각해 보게. 지금 백신대학교 사학의 상황이 안 좋은 건 다 아는 사실이야. 그런데 아직도 이혼을 하지 않고 있네. 왜일까? 백신대학교에 미래의 가치가 있어서? 아니야."

송정한은 고개를 흔들었다.

"김태진이 어려운 사돈을 버렸다는 욕을 먹기 싫어 하기 때문이야."

"의외군요. 그런 사람이 있다니."

"모든 게 다 돈으로 돌아가는 건 아니라네, 노 변호사. 때로는 명분이 필요한 법이지. 그리고 김태진은 그걸 심각하게 따지는 사람이야."

즉, 명분이 없다면 자신들과 싸우면 싸웠지 이혼하라고 하지는 않을 거라는 소리다.

"하지만 진짜로 그런 사람이 있을 줄은……."

"금융업을 하는 사람이네. 좀 고지식하지만 금융에서는 그게 때로는 제일 중요하지. 당장 중국과 미국만 봐도 그렇지 않나?"

"하긴…… 이해가 갑니다."

중국과 미국은 전 세계적인 강대국이다.

중국은 엄청난 인구를 바탕으로 빠르게 성장했고 미국은 전통적인 강호다.

그런데 이 두 나라에 대한 세계 각국의 대우는 좀 달랐다.

미국은 그래도 우방으로 인정하고 동맹을 맺는 나라가 상당히 많지만, 중국과는 친하게 지내는 나라가 많지 않다.

금전적으로는 친하지만 동맹이나 혈맹이라고 할 수 있는 나라는 없다.

그 이유는 간단하다.

미국은 아무리 자국의 이익이 걸렸다고 해도 선을 넘지는 않는다.

즉, 극도로 이기적으로 행동하긴 하지만 최소한 정해진 룰 안에서 움직인다는 거다.

그에 반해 중국은?

규칙도 없고 국가 조약도 소용없다.

이득이 된다고 하면 힘으로 찍어 눌러서 빼앗아 버린다.

믿음이 있고 없고의 차이가 그만큼 크다.

"믿음의 문제는 생각보다 크다네. 다른 사람은 몰라도 김태진 그 사람에게는 말이야."

"흠……."

노형진은 턱을 문질렀다.

'하긴 내 이론은 일반론적이기는 하지.'

상대방이 특정 성향을 가지고 있다면 당연히 틀릴 수밖에 없다.

"그리고 두 번째 문제는, 친자 확인 소송을 한다고 해도 과연 그쪽에서 유전자 검사에 응할까 하는 거야."

눈을 찡그리는 송정한. 다들 그 부분에 아차 하는 표정을 지었다.

"다들 알겠지만 친자 확인 소송은 기본적으로 가정법 관련 소송이지."

검사에 응하지 않는다고 해도 형사처벌은 받지 않는다.

그 대신에 몇백만 원의 벌금이 나오지만, 썩어도 준치라는 말이 있듯이 아무리 주씨 집안에 돈이 없다고 해도 그 정도 벌금도 내지 못할 리는 없다.

"그런데 아이는 백혈병에 걸린 상황이지. 진단서를 확인해 보니 길어 봐야 1년이던데."

저쪽에서 유전자 검사를 거부하고 벌금을 내 버리면 결국 아이는 죽게 될 테니 사건은 당사자 없음으로 분류되어서 종결 처리될 것이다.

"마지막으로, 유전자 검사를 통해 부자 관계가 확인된다고 해도 골수 기증을 할 것이냐의 문제야. 골수가 맞을지는 둘째 치고 말이야, 자네라면 하겠나?"

"안 하겠군요."

골수 기증에 관해서는 강제 규정이 없다.

물론 보호 책임 문제를 가져다 붙일 수는 있겠지만 저쪽은 자기 자식이 아니라고 끝까지 버틸 테니까.

아이의 목숨이 달려 있는 일이지만 주안호 입장에서는 차라리 아이가 죽는 게 편할 테니 당연히 죽기를 기다릴 것이다.

"흠……."

노형진은 고민에 빠졌다.

확실히 그런 상황이라면 자신이라고 해도 벌금을 내면서 죽기를 기다릴 것이다.

아이가 살아남는다면 양육비에서부터 상속까지 온갖 문제가 넘쳐 날 게 뻔하니까.

"자기 아이라고 인정하면 이혼당하게 될 테니 당연히 거절할 걸세."

이혼이야 사실 중요한 문제는 아니다.

그들이 이혼을 하든 말든 새론에는 아무런 의미도 없다.

중요한 건 아이에게 필요한 골수 기증을 받아 내는 것.

"그 부분은 생각을 못 해 봤네요."

노형진뿐만 아니라 다른 변호사들도 아차 싶었다.

일반적인 사람들이라면 몰랐다가 나중에 알았다고 하면 부양이나 재산 문제는 둘째 치고 일단 골수 기증은 해서 아이의 목숨부터 살리겠지만……

'그들은 일반적인 부류가 아니지.'

사건을 은폐하기 위해 변호사에게 킬러까지 보낸 자들이 과연 골수를 기증할까?

그럴 리가 없다.

"사실 이혼이라는 것도 결국 우리가 그쪽에 압력을 행사하기 위해 찾아낸 임시방편 아닌가?"

"그건 그렇지요."

"하지만 실제로는 명분이 없으니 저쪽도 아직 이혼시킬 생각은 없을 걸세. 내가 장담하는데, 김태진의 성격상 명확한 명분이 없다면 이혼시키지는 않을 거야."

"아이가 있는데도요?"

"결혼 전 문제 아닌가? 임신 사실을 몰랐다고 우기면 그만일세."

임신 사실을 몰랐고, 그 때문에 미리 이야기도 못 했다.

그렇게 말한다면 오렌지저축은행 쪽에서는 뭐라고 할 수도 없다.

"실제로도 겉으로 보기에는 그랬고 말이지."

한혜숙은 살아생전에도 주안호에게 연락하지 않았고, 심지어 아버지가 누구인지 아무에게도 이야기해 주지 않았다.

"결혼 직전에 다른 여성과 잠자리를 가진 게 도의적으로 문제가 되는 것은 사실이지만 이혼 사유로는 부족하네. 그러니 그들은 분명 여자가 알리지 않고 도망갔다는 식으로 이야기할 거야. 실제로 그런 경우가 적지 않으니까."

지속적으로 접촉하면서 아이의 양육비를 요구했다면 문제가 되겠지만 지금까지 감춘 이상에야 그러한 주장이 먹힐 가능성이 크다.

"김태진에게 이혼을 가지고 압박하려면 좀 더 강력한 부분이 있어야 하네. 하지만 범인은 중국으로 도피한 상황이니 입증이 쉬울 리가 없지."

송정한은 재판관 출신답게 노형진의 전략에서 조목조목 문제점을 지적했다.

"명분이라……."

노형진은 고민하다가 살짝 의아해졌다.

"김태진 씨가 명분을 중요하게 생각한다고요?"

"그러네. 그는 그걸 최우선으로 생각하지. 신용업무 아닌가?"

"그러면 말이 안 됩니다만?"

"무슨 소리지?"

"명분을 가지고 움직이면 언제나 늦습니다."

명분을 가지고 움직이는 사람은 호구라는 말을 듣는다.

왜냐? 자신이 일단 손해를 본 후에야 보복하든 방어하든 하기 때문이다.

상대방은 자신을 두들겨 팰 준비를 하는데 일단 맞기 전에는 방어 준비도 하지 않는 셈이니까.

"그런 사람이 오렌지저축은행의 은행장까지 한다는 건 힘들죠."

"무슨 말을 하고 싶은 건가?"

"선빵을 맞는다는 건 그만큼의 피해를 감수한다는 겁니다. 하지만 거기에는 약간의 조건이 붙지요."

선빵을 맞아도 내가 그걸 버텨 내고 충분히 역습할 수 있는 힘이 있다는 조건.

대부분 명예니 명분이니 그런 걸 따지는 사람들은 그런 식으로 힘이 있는 자들이다.

힘이 없는 사람들은 기습이나 함정을 파는 등 여러 가지 방법을 쓸 수밖에 없다.

"그래서?"

"송 의원님 말씀대로라면 분명 그 사람은 선빵을 맞으면서도 버티는 그런 타입입니다. 그런데 그는 은행장이 되었습니다. 그럴듯하지만, 현실적으로 보면 말이 안 됩니다."

"그게 무슨 말이죠?"

"이해가 가지 않는데요."

"김태진 은행장은 사주가 아니지 않습니까?"

정확하게는 전문 경영인이다.

전문 경영인으로서 오렌지저축은행을 이끄는 사람이다.

"김태진 은행장이 사주라면 백신대학교와 급이 맞을 리가 없지요."

오렌지저축은행이 한국의 저축은행, 즉 제2금융권이라고 하지만 그래도 은행장이다.

굳이 따지려고 한다면 대기업 쪽과 급이 맞을 것이다.

"그리고 그렇게 명분을 중요시하는 사람이라면 대출에 관한 문제도 말이 안 되고요."

"그게 무슨 말인가?"

"이미 확인하지 않았습니까?"

오렌지저축은행에서 백신대학교에 담보대출을 해 줄 때 담보로 잡은 토지와 건물에 대해 원래 예상액 이상으로 가격을 측정해 줬다.

"원리 원칙을 따지고 명분을 중요시하는 사람이라면 그런 식으로 일을 처리하지는 않을 거라는 말입니다."

"그건 그렇지."

사돈이라서 봐줬다?

그런 사람이었다면 애초에 원리 원칙을 따지는 유형이 아닌 것이다.

"흠."

노형진은 논리적으로 맞지 않는 김태진의 스타일을 생각하다가 문득 이 스타일을 어디서 보았다는 것을 알아차렸다.

회귀 전에 미국에서 딱 한 번 본 스타일이었다.

"아…… 알 것 같네요."

"알 것 같다고?"

"이 사람은 원리 원칙 주의자나 명분을 중요시하는 타입이 아닙니다."

"그게 무슨 소리인가? 내가 아무리 재벌들과 거리를 둔다고 해도 명색이 오렌지저축은행장일세. 그 사람은 몇 번이나 봤어."

노형진은 고개를 끄덕거렸다.

그만 해도 몇 번 만나고 주변에서 도는 소문만 접한다면 그렇게 생각할 테니까.

하지만 노형진은 이런 스타일을 알고 있었다.

"극단적으로 정치적인 타입입니다."

"무슨 소리야? 정치적 타입이라니? 이 사람은 정치도 안 하네."

"진짜 정치를 뜻하는 게 아닙니다. 상대방이 누구든 절대 믿지 않고, 뒤통수 맞을 것을 언제나 대비하는 타입이라는 거죠."

"뒤통수 맞을 것을 대비한다고?"

"네. 가면을 철저하게 썼을 뿐이지요."

모든 통화를 녹음하고 주변에서 증거를 찾으면서 상대방의 이상 징후를 감시한다.

그러나 절대로 선공은 하지 않는다.

상대방이 공격하면 그때 가서 반격하면서 관련된 증거를 자신이 직접 뿌리든가, 아니면 다른 뭔가를 통해 뿌리면서 자신은 피해자 포지션을 취한다.

결국 사람들이 보기에는 그는 철저하게 피해자일 뿐, 결코 나쁜 사람은 아닌 거다.

그는 사람들에게서 좋은 사람 그리고 믿을 만한 사람 대우를 받기 시작하고, 반대로 상대방은 철저하게 나쁜 사람 포지션이 된다.

"물론 이런 타입이 나쁜 건 아닙니다."

최소한 상대방이 선을 넘는 공격을 하지 않으면 그 사람도 공격하지는 않으니까.

"생각을 해 보십시오. 은행입니다. 사기업이지요. 그리고 의원님 말씀대로 신용에 관련된 업무를 할 겁니다. 자수성가했다고 했지요? 그 과정에서 그가 책임자로서 책임지는 경우가 얼마나 될까요?"

대출 하나 해 주는 것도 힘든 게 사실이고, 누군가 압력을 행사해서 부당한 대출을 하도록 하는 경우도 분명 있다.

"그런 경우 은행의 대처는 보통 어떤가요?"

"꼬리 자르기로 벗어나지요."

은행장 등이 했던 대출 명령이지만 결국 실행했던 사람들이 책임지는 게 현실이다.

"그가 회사에서 성장한 시기는 격동의 시대였습니다."

지금 은행장이 되었다면 군사정권부터 정권 교체의 시대, 민주주의 시대까지 다 겪었다는 뜻이다.

그런데 그때마다 절묘하게 모든 책임을 피하면서 은행장까지 올라갔다?

"대표님도 아시지요? 순수하게 자신의 능력과 노력만으로 올라갈 수 있는 선에는 한계가 있다는 것."

애석하게도 그게 현실이다.

아무리 노력하고 능력이 뛰어나도 정치질 없이 고위 임원, 그것도 대표가 될 수는 없다.

"본인의 능력만으로 될 수 있는 것은 이사, 그것도 실무를 하는 실무 이사 정도가 한국에서는 한계입니다. 그마저도 생산직 기준이지요."

회사를 나와서 자신이 창업하지 않는 이상에야 그게 현실이다.

그런데 다른 곳도 아닌 은행에서 순수하게 책임감으로 성장했다?

그렇다면 아무리 한계를 높게 잡는다고 해도 지점장 정도가 끝이다.

지역 은행장만 해도 기업들에서 돈과 뇌물을 바리바리 싸들고 와서 슬쩍슬쩍 찔러주니까.

"그리고 그런 타입이 딸을 그런 식으로 팔아넘길까요?"

정략결혼. 좋게 말해서 결혼이지 사실상 자식을 팔아먹는 행위나 마찬가지다.

"한 사람의 인품은 모든 것의 총집합입니다. 그런데 평소의 모습과 결과가 이처럼 다르다는 건 말이 안 되지요. 종종 범죄자들은 자신이 외부에 보이는 모습을 통제합니다. 실제로 연쇄살인범들이 다른 사람들에게는 아주 좋은 모습을 보이는 경우가 많지요."

"통제라⋯⋯."

"일종의 선입견이지요."

종종 이런 말을 하는 사람들이 있다.

개를 좋아하는 사람치고 나쁜 사람 없다더라.

절대 아니다.

개를 좋아하지만 보신탕을 먹고 개가 성견이 돼서 더 이상 예쁘지 않으면 그냥 가져다 버리는 놈들이 수두룩하고, 동물 보호를 한다고 하며 남의 개를 데려다가 모조리 죽여 버리는 놈들도 있다.

실제로 외국에서는 천 마리가 넘는 고양이들을 키우는 사람이 있었다.

그가 주변에 무슨 피해를 주는 것도 아니고 자신의 넓은 농장에 풀어서 키웠는데, 동물 보호 단체에서는 그러한 행동이 동물 학대라 주장하면서 고양이들을 자기들이 보호한다면서 모조리 끌고 갔다.

웃긴 건, 수년 동안 그 농장에서 잘 살던 고양이들이 재판이 끝나고 찾으러 가자 고작 세 마리만 남았다는 것이다.

아프다고 안락사시키고 굶겨 죽이고 병으로 죽이는 식으로, 동물 보호를 한다면서 끌고 가서는 무차별적으로 죽여 댄 것이다.

"웃긴 건 그 사건으로 고양이 주인은 동물 학대범으로 소문났고, 그 동물 보호 단체는 여전히 활동하고 있다는 거죠. 한국도 마찬가지고."

"그 모든 게 정치적 행동이다?"

"그 단체는 그 사건으로 엄청난 수익을 거뒀거든요. 유명세를 타면서 엄청난 기부금을 챙겼습니다."

그리고 그런 정치적 행동을 하는 자들은 자신이 빠져나갈 구멍을 만들어 둔다. 언제나 말이다.

"어쩌면 약점은 그곳에 있을지도 모르겠네요."

노형진은 눈을 반짝이며 말했다.

⚖

"그래서 우리 딸아이 이혼소송을 담당하고 싶으시다고요?"

김태진은 떨떠름한 표정으로 노형진을 맞이했다.

하긴, 딸의 이혼을 이야기하는 사람을 좋게 볼 수는 없을 테니까.

"아, 오해하셨나 본데, 저희가 이혼시켜 드린다는 게 아닙니다."

"그러면요?"

"이혼소송에 쓰실 자료를 좀 얻고 싶어서요."

"제 딸은 이혼할 생각이 없습니다만."

'그럴지도 모르지. 하지만 마음이 바뀔걸.'

주안호는 자신의 이혼 관련 소송을 막기 위해 김성식을 공격했다.

그런데 만일 자신이 결혼 생활을 유지하고 계속 오렌지저축은행의 도움을 받을 수 있는 상황이라면 과연 그런 무리한 선택을 했을까?

그럴 리가 없다.

서로 사랑한다면 그런 과거의 문제? 솔직히 잘 이야기해서 넘어갈 수도 있다.

친자 확인 소송을 해서 부자 관계가 인정된다 해도 여자 쪽에까지 책임이 생기는 건 아니까.

책임지는 것은 아버지인 주안호뿐이고, 생활비 정도는 사실 주안호의 집에서 어찌어찌 부담할 수 있다.

부자가 망해도 삼대를 간다는 건 그냥 생긴 말이 아니까.

"그래요? 그건 공식적인 의견입니까?"

"그렇습니다만."

"그러면 그걸 공식적인 서류에 남겨 주실 수 있습니까? 아, 지금 녹음 중이라는 점을 확실하게 알려 드리지요."

김태진은 눈을 찌푸렸다.

"지금 뭘 하자는 거지요?"

"거래를 하기 위해서입니다."

"거래?"

"그렇습니다. 저는 거래를 해서 제 의뢰인을 살려야 하거든요."

"그게 무슨 말입니까?"

"이런 거지요. 따님은 공식적으로 이혼의 의사도 없고 또한 이혼을 위한 서류나 증거도 확보하지 않고 있다, 저는 그 증거를 가지고 주씨 집안, 아니 주안호 씨에게 협상을 걸 겁니다. 한일해에 대한 유전자 검사를 해 달라고 말입니다. 유전자가 맞으면 아이는 살 수도 있으니까요."

"제가 싫다고 하면?"

"그 자체도 미래에 따님의 이혼을 생각하고 있다는 증거가 되지요."

김태진의 얼굴이 딱딱하게 굳었다.

뭘 해도 결국 자신은 손해 보는 셈이 아닌가?

"장난하나?"

김태진은 비교적 정중했던 조금 전과는 다르게 노형진을 하대하며 칼같이 날카로운 목소리로 물었다.

"장난이라니요? 저는 장난 같은 거 안 합니다."

"장난을 치지 않는다고? 지금? 내 앞에서?"

"제가 장난할 생각이었다면 녹음까지 하면서 거래를 청할 리가 없지요."

"무슨 개수작이지? 떡고물을 노리고 온 거라면 꺼져."

"떡고물이 아니라 이혼에 쓸 서류를 요구하는 겁니다."

"이혼하지 않는다니까. 그런 서류도 없고."

"그러면 그게 공식적인 이야기가 되겠군요. 하면 이 이후에 나타나는 서류는 증거 조작이나 불법적인 감시를 통해 얻은 거라고 봐도 되겠습니까?"

"너⋯⋯."

김태진은 눈을 찡그렸다.

노형진은 그런 그에게 계속 염장을 질렀다.

"그렇게 되면 법원에서 증거로 인정받기도 힘들 텐데요."

"뭘 원하는 거지?"

"말 그대로입니다. 주안호를 압박해서 골수 기증을 받아낼 수 있는 자료."

"그게 있다고 치더라도, 내가 왜 그걸 줘야 하지? 그 아이가 산다고 해서 내게 이득이 있는 것도 아닌데."

"이득이 없긴요. 이득이 있지요. 소송하실 수 있을 겁니다."

"그게 무슨 소리지?"

"사후승인이라고 아십니까?"

"사후승인?"

"사실을 알고도 일정 기간을 묵인하면 그건 사후승인으로 볼 수 있지요."

김태진의 얼굴이 딱딱하게 굳었다.

그건 생각도 못 해 본 문제였으니까.

하긴, 그는 금융 전문가지 가정법 관련 전문가가 아니니까.

"아마도 여러 가지 증거를 모아 두고 계시겠지요. 그런데 말입니다, 모든 증거에는 다 유효기간이라는 게 있습니다."

가령 3~4년 전에 알았던 불륜 사실을 가지고 이혼소송을 할 수는 없다.

왜냐? 그 사실에 대해 알고 있으면서도 일정 기간 아무 행위도 하지 않으면 재판부는 그 문제에 대해 묵인 또는 사후 승인 한 것으로 보기 때문이다.

즉, 문제가 생겼을 때 즉시 소송을 하든 각서를 받든 법률적 행위를 했다면 모를까, 수년간 그저 쥐고 있다가 나중에야 약점으로 흔들려고 하면 그건 사적제재에 들어간다고 판단하는 것이다.

"가지고 계신 증거가 몇 년이나 되었지요? 3년? 4년? 그걸 제출한다면 재판부는 뭐라고 할까요?"

노형진의 말에 김태진은 아무런 말도 못 했다.

'역시 예상대로야.'

김태진은 누구도 믿지 않는다. 당연히 만일의 사태에 대비할 게 뻔하다.

다른 것도 아니고 정략결혼이다.

정략결혼을 하는데 두 사람이 사이가 좋을까?

물론 그럴 수도 있다.

정략결혼이라고 해서 다 사이가 안 좋고 이혼 못 해서 안달인 것은 아닐 테니까.

'하지만 이번 경우는 아니지.'

결혼한 지 7년. 보통 아이 한둘 정도는 태어났을 세월이지만 둘 사이에는 아이가 없었다.

두 사람 중 한 명에게 문제가 있거나, 합의하에 피임을 하거나, 섹스리스이거나.

'김태진도 바보는 아닐 테고.'

자신의 딸이 그렇게 사는 걸 모르지는 않을 테고, 상대방이 망해 가는 것도 모르지는 않을 것이다.

그러니 최악의 경우 딸을 이혼시켜야 하는데, 그러기 위해서는 증거를 하나라도 더 모아 둬야 유리하다.

"내 딸이 그런 말에 흔들릴 것 같아?"

"따님은 안 흔들리겠지만 은행장님은 흔들리겠지요."

"뭐?"

"백신대학교는 무너져 가는 상태고, 그 주요 건물과 토지는 담보로 잡혀 있고, 그 담보를 확인하면 정가보다 더 인정되었다는 게 티가 날 테고."

점점 눈을 찡그리는 김태진.

"이제 와서 손절하자니 눈치가 보이고, 안 하자니 같이 죽는 꼴이고. 안 그런가요?"

"……."

"그리고 인생의 중대사인 결혼에 관해 따님은 순순히 받아들였지요. 그렇다면 그런 걸 결정하는 건 따님이 아니라 김태진 은행장님이시라는 소리고."

"그만!"

노형진이 논리적으로 하나씩 물어뜯자 결국 김태진은 선을 그었다.

"그래서 내가 얻을 이익은?"

"이혼할 때 사용할 증거를 얻는 시기가 달라지지요."

"증거를 얻는 시기……?"

"아까도 말했다시피 증거를 오랫동안 쥐고 있기만 해 봤자 그건 이런 소송에 있어서는 사후승인 또는 묵인 형태가 될 뿐입니다."

당연히 법적인 처벌이나 이혼 청구도 불가능하다.

"그러나 우리가 그걸 먼저 공개하면 이야기가 달라지지요."

친자 확인 소송과 관련해서 증거를 공개하고 그걸 이들이 얻는 형태가 된다면, 이들이 그 관련 증거를 얻은 시기는 최근이 된다.

"그리고 그런 경우는 정상적인 증거로써 작동하지요."

"으음……."

노형진의 말에 김태진은 고민하는 눈치였다.

'가정 관련 법에 대해서는 잘 모르는군.'

그러니 이런 실수를 했을 것이다.

모든 증거가 다 효과가 있는 건 아니며, 그 증거의 효력을 인정하는 정해진 기간 안에 소송해야 한다.

어쩔 수가 없는 게, 그러지 않으면 가정 소송은 이루 말할 수 없이 복잡해지기 때문이다.

20년 전에 잘못한 거 하나까지 물어뜯으면서 싸우려고 한다면 가정 소송은 제대로 진행도 못 한다.

애초에 법원에서 재판정이 가장 더러운 곳이 가정법원, 특히 이혼하는 쪽이다.

장소가 더럽다는 게 아니라, 극단적인 감정 배설이 계속 이루어져서 사람들의 스트레스가 어마어마하기 때문이다.

'그런 곳에서 오래된 문제를 가지고 싸우기 시작하면 답 없지.'

10년 전에 바람피운 거, 5년 전에 몰래 명품 백 산 거 등등 상대방을 모욕하기 위한 말은 얼마든지 만들어 낼 수 있으니까.

"그 증거의 정당성을 확정시켜 드리겠습니다."

이쪽에서 이혼하려고 한다면 얼마든지 유리하게 작동할 것이다.

"좋아, 주도록 하지. 단, 우리에게서 얻었다는 건 절대 비밀에 부쳐야 하네. 우리는 어디까지나 소송 이후에 증거를 얻는 거야. 공식적으로 말이지."

⚖

자료를 받은 노형진은 일단 주안호를 찾아갔다.

그러나 처음부터 자료를 내놓는 멍청한 짓은 하지 않았다. 그 대신에 친자 확인 소송 문제를 꺼내 들었다.

예상대로 주안호는 한일해가 자신의 자식이 아니라며, 한혜숙을 더러운 창녀라고 욕하기까지 했다.

"그딴 년이 내 돈을 노리고 거짓말하는 거 모르는 줄 알아?"

"한혜숙 씨는 이미 돌아가셨습니다. 지금 한일해 군의 법정대리인은 한원현 씨입니다."

"뭐, 창녀 핏줄이 어디 가나? 다 돈 뜯어내려고 하는 거지!"

천연덕스럽게 자신은 잘못이 없다고 이야기하는 주안호.

사실 놀랍지는 않았다.

'자식인 걸 인정하면 인생 종 치는 거니까.'

혼외 자식의 존재는 충분한 이혼 사유가 되고, 주안호가 이혼당하는 순간 오렌지저축은행은 가차 없이 채권을 회수하기 시작할 것이다.

한한령이 길어지면서 입학하는 유학생의 수가 확 줄어든 상황.

안 그래도 채권의 만기가 닥쳐와서 재연장을 해야 하는 시기가 코앞인데 이혼당하면 절대로 연장될 리가 없다.

그렇게 백신대학교의 자금이 회수되면 그들의 인생은 완전히 박살 난다.

그러니 어떻게 해서든 자기 자리를 지키고 싶어 할 거라고 예상하는 건 어렵지 않았다.

"만일 그쪽에서 거절한다면 저희는 어쩔 수 없이 친자 확인 소송을 걸어야 합니다. 아이의 목숨이 걸려 있는 문제라서요."

"흥."

코웃음을 치는 주안호.

그런 주안호를 대신해서 옆에 있던 변호사가 차가운 말투로 입을 열었다.

"그건 협박입니다만."

"협박이 아니라 협상이지요. 법률적 과정에 들어간다는 통보가 언제부터 협박이 된 건지 모르겠군요. 저희가 원하는 건 단 하나뿐입니다. 한일해 군에 대한 유전자 검사 이후에 유전자가 맞는다면 골수 기증을 해 주는 것."

"그 이후에는 생활비와 상속을 요구하겠지요. 청구하지 않겠다는 말은 하지 맙시다. 그런 거 해 봐야 결국 법적으로 소용이 없다는 건 당신이나 나나 잘 아는 사실이니까."

상대방 변호는 무표정하게 말했다.

"그리고 애초에 그 아이가 제 의뢰인인 주안호 씨의 자식이 아니라는 것은 당신도 알고 나도 알지 않습니까?"

노형진은 변호사의 말에 피식 웃었다.

지금 변호사가 한 말에 조금 남아 있던 불안감까지 싹 사라졌기 때문이다.

"글쎄요. 제가 봐서는 당신도 나도 한일해 군이 주안호 씨의 자식이라는 걸 아는 것 같습니다만.”

“뭐라고요? 말도 안 되는 소리를!”

“방금 변호사님이 뭐라고 하셨는지 기억 못 하십니까? 저희 요구에 따라 검사를 하게 되면 이후에는 생활비와 유산까지 요구할 거라고 말씀하지 않으셨나요? 한일해 군이 주안호 씨의 친자식이 아님이 명확하다면 검사를 꺼릴 이유도 없을 텐데요.”

변호사는 아차 하는 표정이 되었고 주안호는 ‘뭐 이런 병신이 다 있어?’라는 표정으로 그를 바라보았다.

‘일단 주안호가 알고 있다는 건 확실하군.’

그렇지 않다면 변호사가 저런 실수를 했을 리가 없다.

몰랐다면 말이다.

즉, 한일해가 친자식임을 알고 그 사실을 변호사에게 전달했기에 변호사가 저런 실수를 한 것이다.

“크험, 그건 어디까지나 실수일 뿐입니다. 법률적 효과는 전혀 없지요.”

애써 자신의 실수를 변명하는 변호사.

노형진은 그런 그를 보면서 실실 웃었다.

“어찌 되었건 저희가 원하는 조건만 맞춰 주신다면 무리한 요구는 하지 않겠습니다.”

“그 조건이라는 게 저희에 대한 법률적 모독이나 마찬가지입니다. 저희는 그 조건을 받아들일 수가 없습니다.”

"저희가 원하는 것이 무리한 요구는 아니라고 생각합니다만?"

"저희 의뢰인은 사회 지도층 인사입니다. 그런 사회 지도층 인사에게 말도 안 되는 누명을 뒤집어씌우고 돈을 뜯어내려고 하는데 그냥 당할 수는 없지요."

"조용히 유전자 검사만 하면 됩니다."

"세상에 조용한 건 없지요. 한다고 하면 나중에 다 문제가될 테고요. 자식도 아닌데 일단 소송을 통해 돈을 뜯어내려고 하는 사람들이 얼마나 많습니까?"

'그게 뭐, 어느 정도는 사실이기도 하지.'

실제로 부자들, 특히 유명인들에게는 어마어마한 친자 확인 소송이 몰려드는 편이다.

한국은 그런 게 좀 덜하지만 미국은 그런 게 무척이나 심하다.

진짜로 자식이라는 걸 인정받기 위해서가 아니라, 문제를일으키고 그걸 언론사에 팔아먹기 위해서다.

한국에서는 언론사가 돈을 주고 그런 제보 내역을 사지 않지만, 미국에서는 엄청난 돈을 주고 그런 제보를 사기도 한다.

"그건 미국 이야기고요. 한국은 아니지 않습니까?"

한국은 혈통 문제에 대해 상당히 심각하게 생각한다.

더군다나 그런 짓을 해도 딱히 수익이 날 구멍도 없기 때문에 보통은 그런 짓을 하지 않는다.

제보해 봐야 고작 수십만 원 정도인데, 그 돈 받자고 한국의 거대 재벌을 적으로 만드는 미친놈은 없다.

"어디든 처음이라는 게 있지요."

'그것도 토양이 될 때의 이야기지.'

한국처럼 기본적으로 시스템이 다르면 그럴 가능성은 제로다.

"그렇기 때문에 저희는 의뢰인의 명예를 위해서라도 유전자 제공을 거부하겠습니다."

쉽게 말해서 한일해가 병으로 죽을 때까지 소송을 끌어 가겠다 이거다.

'뭐 예상대로군.'

여기서 더 이상 이야기해 봐야 소용도 없다.

저쪽은 결정을 내렸고, 설득이나 읍소에 움직일 만큼 저들이 평범한 사람들도 아니다.

"그렇군요. 그렇다면 다른 건에 대해 이야기하지요."

"다른 건?"

노형진의 말에 주안호는 고개를 갸웃했다.

미리 이야기하지 않았기 때문이다.

"다른 건이 뭐가 있는데?"

"이혼소송과 관련해서 이야기해 봐야지요."

지금까지 뻣뻣하게 고개를 들고 있던 주안호가 순간 움찔했다.

당당했던 눈빛은 사라지고 격하게 떨리는 눈빛만 남았다.

"이혼소송이라니? 무슨 말도 안 되는 소리야? 너 이 자식, 와이프한테 무슨 이야기라도 들었어?"

"아니요. 하지만 설득은 할 수 있지요."

"설득?"

"그렇습니다. 솔직히 백신대학교야 뭐, 미래가 뻔하지 않습니까?"

"헛소리! 우리 집안이 어때서!"

"정말 몰라서 물으신다면 뭐, 그냥 모르는 채로 계시길. 어차피 제가 그쪽 학교에 대해 이야기할 건 없고, 이혼과 관련된 이야기만 하면 되는 거니까."

노형진의 말에 주안호도 그의 변호사도, 상황이 이상하게 돌아가고 있다는 걸 알아차렸다.

하지만 자존심 때문일까? 그들은 절대로 숙이려고 하지 않았다.

"그래서 우리가 뭐 어쩌라고? 이혼이라도 해 달라고?"

"그건 아닙니다. 방금도 말씀드렸다시피 저희가 협상을 하기 위해서요."

"협상이라니?"

"한혜숙 씨에 대한 협박과 낙태 위협입니다. 아니다, 이 경우는 살인 위협이라고 봐야겠네요."

"뭐? 살인? 뭔 개소리야? 나는 사람을 죽인 적이 없어."

"사람을 죽이려고 하신 거 맞습니다."

"헛소리! 나는 그냥 애를 지우라고 한 거야!"

"도련님!"

"아차."

눈을 찡그리는 주안호. 노형진의 함정에 빠진 것을 안 것이다.

"이건 불법적인 채증입니다."

으르렁거리는 상대방 변호사.

그러나 노형진은 어깨를 으쓱했다.

"녹음은 당사자가 한 거라면 불법이 아닙니다."

"녹음? 이런 개새끼를 봤나! 야, 이 새끼 조져!"

한두 번 명령해 본 솜씨가 아니다.

그리고 그 말이 끝나기 무섭게 문밖에서 건장한 사내들이 들어온다.

"이런 이런, 저희는 협상을 위해 찾아왔는데 어떻게 대우하시면 곤란하죠. 제가 여기에 온 거 새론에서도 압니다만."

그 말에 주안호는 움찔했다.

아무리 생각이 없어도 새론의 변호사를 건드리면 그 뒤에 있는 사람들이 움직인다는 건 어렵지 않게 생각할 수 있었다.

"몇 년 전처럼 돈과 권력으로 사건을 덮기는 힘드실 텐데요. 안 그래도 돈도 부족하실 텐데."

"씨팔……."

결국 주안호는 건달들을 향해 손을 흔들었다.

그러자 건달들이 밖으로 나가고 방 안에는 다시 그들만이
남게 되었다.

"이 증거자료들을 좀 팔고 싶은데요."

"증거자료들이라고?"

"도련님, 잠시만."

그쪽 변호사가 나서서 먼저 그 증거자료들을 받아 들었다.

"아, 물론 사본입니다. 가지고 도망간다든가 하는 생각은
하지 마시고."

노형진이 뭐라고 하든 그 서류를 확인하는 변호사.

그걸 보면서 그의 얼굴은 점점 딱딱해졌다.

"이건 우리가 불리합니다. 구입해야 합니다."

"뭐라고? 무슨 개소리야?"

"이게 오렌지저축은행 쪽으로 가면 도련님은 이혼당할 수
밖에 없습니다."

노형진이 건넨 증거를 확인한 변호사는 참담한 표정이 되
었다.

그럴 수밖에 없는 게, 그 안에는 별의별 정보가 다 있었으
니까.

사소하게는 주안호가 바람피우는 장면에서부터 룸살롱에
서 노는 장면, 몰래 감춰 둔 첩을 만나는 장면 등등이 있었
고, 심각하게는 현재 백신대학교의 자금 상황과 대출 상황,
그리고 그 과정에서 사라진 불명확한 금액에 대한 정보까지

있었다.

"이게 터지면 우리는 끝…… 곤란합니다."

차마 끝장이라고 말하지는 못하고 살짝 말을 바꾸는 변호사.

놀란 눈으로 서류를 확인하던 주안호의 얼굴도 창백해졌다.

"너 이 새끼, 이거 어디서 구했어?"

"세상에는 돈만 주면 뭐든 구해다 주는 사람이 있지요. 그리고 모르셨나요? 마이스터의 정보력은 세계 제일이라는 거."

"이런 미친……."

손을 부들부들 떨어 대는 주안호.

그런 주안호에게 노형진이 차갑게 말했다.

"일단 친자 확인 소송은 이혼소송이 끝날 때쯤에는 끝날 수 있겠네요. 물론 그때까지 벌금을 낼 수 있는 돈이 있으실지 모르겠습니다만."

"큭."

아무 말도 못 하고 치를 떠는 주안호.

그리고 창백한 표정으로 주안호의 귀에 대고 뭐라 뭐라 이야기하는 변호사.

잠시 두 사람은 서로 귓속말을 나누더니 자리에서 일어났다.

"잠깐 저희끼리 이야기하고 오도록 하지요."

"기꺼이."

노형진은 고개를 끄덕거렸고, 그들은 자리를 떠나서 거의 한 시간이 지나도 돌아오지 않았다.

하지만 노형진은 느긋했다. 시간은 그의 편이니까.

그렇게 한 시간이 거의 다 돼서야 돌아온 두 사람은 분노한 얼굴이었지만 그 한편에는 체념의 빛이 어려 있었다.

"좋습니다. 저희가 유전자 검사 이후에, 맞는다면 기증하도록 하지요. 단, 선의에 의한 기증입니다. 친자 기증이 아니라. 타인끼리도 유전자가 맞는 경우가 있다는 거 아시지요?"

상대방 변호사는 이 와중에도 어떻게 해서든 친자 부분은 부정하려고 했다.

하지만 노형진은 사실 그 부분에 대해서는 전혀 신경 쓰지 않고 있었다.

"오해하셨나 봅니다. 저희는 이 증거를 판매하러 왔습니다만."

"말장난하지 맙시다. 새론의 스타일을 모르는 것도 아니고, 이길 수만 있다면 뭐든 하는 곳 아닙니까?"

노형진은 부정하지 않고 빙긋 웃었다.

"그러면 한일해 군에 대한 유전자 검사와 골수이식 정도가 적당한 가격이겠네요."

변호사는 미심쩍은 얼굴이 되었다.

"뭐라고요? 고작요?"

"당신들에게는 고작일지 모르지만 우리에게는 소중한 목숨입니다. 일곱 살밖에 안 된 아이를 병으로 죽으라고 할 수는 없지 않습니까?"

"씨발, 한혜숙 이 개년은 죽어서도 내 다리를 붙잡네."

"도련님, 녹음 중입니다."

변호사가 눈을 찡그리며 주안호를 제지했다.

"좋습니다. 다만 조건이 있습니다."

"그쪽이 조건을 내걸 처지는 아닌 것 같은데요?"

"이후에 이 증거를 누구에게도 제공하지 않겠다고 약속하십시오."

"뭐, 그거야 어렵지 않지요."

"단순히 약속만 하는 게 아니라 법적인 책임도 무셔야 할 겁니다."

"법적인 책임?"

"만일 이후에 이게 당신들에게서 새어 나간다면 당신들이 우리에게 5천억의 손해배상을 해 줄 것을 요구합니다."

5천억이면 사실상 백신대학교의 빚과 맞먹는다.

즉, 채무를 노형진과 새론에서 다 감당하라는 거다.

"알겠습니다."

노형진은 마치 예상이라도 했다는 것처럼 고개를 끄덕거렸다.

"순순히 받아들이는군요?"

너무 순순히 받아들이자 변호사는 도리어 노형진의 의도를 의심했다.

노형진은 그에게 담담하게 말했다.

"우리는 생명이 우선입니다, 당신들처럼 돈이 우선이 아니라. 이제 우리 쪽에서 해당 정보가 넘어갈 일은 없을 것입니다. 그 정도 약속은 지킵니다."

노형진이 단호하게 말하자 변호사는 모욕감 때문인지 얼굴을 굳혔지만, 이내 계약서를 가지고 와서 확실하게 사인을 받았다.

"이건 법률적인 효과가 있다는 거 아시죠?"

다른 사람도 아닌 변호사가 쓴 계약서에 변호사가 사인한 거다. 당연히 그 계약의 효과를 부정할 수는 없다.

"알고 있습니다."

노형진은 웃으며 대답했다.

미소가 왠지 꺼림칙했지만 주안호 쪽 변호사 입장에서는 어쩔 수가 없는 상황이었다.

"좋습니다. 우리 쪽에서도 검사를 하고 골수 기증을 하도록 하지요."

"가능하면 빨리, 서둘러 주셨으면 좋겠네요. 시간이 얼마 남지 않아서요."

마지막 말은 노형진의 진심이었다.

⚖

다행히 유전자 검사 결과 골수 기증이 가능해졌다.

물론 그 과정에서 친자 확인이 된 건 당연한 결과였다.

"감사합니다. 감사합니다."

고개를 숙여서 감사의 인사를 하는 한원현.

골수가 맞는 덕분에 골수 기증을 받아서 아이가 다시 살아날 기회를 잡을 수 있었던 것이다.

"아이가 아버지를 보고 싶어 하지는 않던가요?"

"아이에게는 다른 천사님이 나타났다고만 이야기했습니다."

"천사라……."

천사보다는 악마에 가까운 인간이었지만, 뭐 어쩌겠는가? 보지도 않고 집으로 가 버렸는데.

"이제 걱정하지 마시고 아이의 미래만 생각하시면 됩니다. 혹시 주안호를 만나고 싶은 생각은 없으십니까?"

한원현은 고개를 흔들었다.

"절대로 안 만납니다. 그런 녀석은 만나 봐야 아이 교육에 도움이 되지 않을 겁니다."

틀린 말은 아니다.

한일해는 어머니와 아버지가 모두 사고로 죽은 걸로 알고 있다.

그런데 이제 와서 아버지가 따로 있고 심지어 그를 버렸다는 사실을 알면, 아이가 얼마나 충격받겠는가?

"좋은 생각입니다. 그러면 저는 이만 가 봐야겠네요."

"벌써 가시려고요?"

"네. 아직 해결해야 하는 문제가 남아 있어서요."

노형진은 싱긋 웃고는 자리에서 일어나서 병원을 나갔다.

그리고 그가 병원 밖으로 나갔을 때, 거기에는 얼굴이 붉으락푸르락해진 김태진이 서 있었다.

"지금 장난하나?"

"무슨 말씀이십니까?"

"분명 그 자료를 우리가 얻는 형태로 소송의 기한을 갱신시켜 준다고 하지 않았나?"

"그건 맞습니다만."

"그런데 새론에 갔더니 절대 못 준다고 하더군. 그걸 주면 5천억을 배상하기로 계약을 했다면서? 자네 미쳤나? 지금 우리한테 엿을 먹이는 건가?"

"일단 같이 가시지요. 혹시 차를 가지고 오셨나요? 아, 하긴, 당연하게 타고 오셨겠네요. 저랑 같이 타시죠."

"같이 타자고?"

"움직이는 차 안에서 이야기하는 게 제일 안전한 거 아니겠습니까?"

김태진은 눈을 찡그렸지만 일단 노형진을 따라 그의 차에 올라탔다.

그리고 차가 움직이자마자 일단 화부터 내기 시작했다.

"장난하나? 애초에 나한테서 그 증거를 가지고 가면서 한 이야기가 뭔가? 증거의 기한을 갱신할 수 있도록 해 주겠다는 거 아니었나! 그런데 이제 와서 안 된다고?"

"변호사랑은 잘 이야기해 보셨습니까?"

"해 봤지! 그랬더니 내가 그 증거를 모았다면 도리어 불리해질 수도 있다고 하더군."

대한민국은 법률적인 판단과 증거의 수집을 정부에서 통제하려는 성향이 강하다.

그래서 흥신소 등을 통해 증거를 수집한 경우 일정 부분 불이익을 주기도 한다.

물론 이혼소송의 경우는 작심하고 하는 경우가 많아서 그런 불이익이 별로 의미가 없기는 하지만 말이다.

"그런데 이제 와서 안 된다고 하면 어쩌자는 건가?"

자신들이 직접 증거를 제공했다고 하면 저들은 소송에서 의부증 같은 걸 들먹이면서 그로 인한 스트레스를 주장할 거라는 게 변호사의 의견이었다.

"뭐, 어쩔 수 없지요. 그쪽에서 요구하니까요."

"결국 나를 가지고 논 게야!"

발끈하는 김태진.

그런 그에게 노형진은 차분하게 말했다.

"운전 중입니다. 사고 나면 같이 죽습니다만."

"너…… 이……!"

"그리고 가지고 논 게 아닙니다. 도와드린 거죠."

"뭘 도와!"

"증거를 새로 얻었다고 해야 하지 않습니까? 그러면 그 증거를 남기셔야지요."

"뭐?"

"애초에 제가 그들에게 사인한 계약서에는, 이후에 누구에게도 해당 증거를 넘기지 않는다고 되어 있습니다."

"그게 문제 아닌가!"

"하지만 그 이전에 대해서는 아무런 말도 못 하지요. 애초에, 이전에 한 행동에 대해서는 그들이 저한테 법적으로 뭐라고 할 수도 없는 일이고요."

김태진은 순간 이해가 가지 않는다는 듯 멍하니 노형진을 바라보았다.

노형진은 그런 그에게 씩 웃으며 말했다.

"그들을 만나러 가기 전에 이미 해당 증거들은 정보길드에 넘겨 놨습니다."

"정보길드?"

"그렇습니다. 전 계약서에 계약 이후에 넘기지 않겠다고 했지 그 이전에 대해서는 언급하지 않았습니다."

노형진이 바보도 아닌데 그들이 그런 조건을 달 거라는 걸 모르지는 않았다.

돈은 솔직히 예상하지 못했지만 다른 곳에 주지 말아야 한다는 약속은 어렵지 않게 예상할 수 있었기에 미리 다 준비해 둔 것이다.

"그곳을 통해 구입한다면 증거의 문제는 깔끔하게 정리되지요."

새로 구입했다는 기록이 있으니 증거의 효력이 인정되기 시작하는 시점이 그 기록을 기준으로 갱신되기 때문이다.

"좋은 생각이기는 한데……."

김태진은 왠지 떨떠름한 표정을 지었다.

그럴 수밖에 없는 게, 정보길드에서는 그걸 공짜로 주는 게 아니라 돈을 받고 판매하기 때문이다.

그리고 그 판매 대금의 일부를 제보자에게 주는 게 정보길드의 거래 방식.

노형진은 그가 무슨 생각을 하는지 훤히 안다는 듯 차가 신호에서 걸린 틈에 자신의 지갑에서 뭔가를 꺼내서 김태진에게 건넸다.

"이건 뭔가?"

"제보자로서의 접선 코드와 접선 방법입니다. 90%는 가지고 가실 수 있고, 10%는 한일해 쪽으로 빼놓도록 처리해 놨습니다."

"제보자? 설마?"

"주안호가 벌은 받아야지요. 떵떵거리면서 살게 둘 수는 없지 않습니까?"

눈이 커지는 김태진.

이 보안 코드가 있으면 자신들은 제보자로서 그들과 접촉하게 된다.

그런데 정보길드는 판매가 시작되는 순간부터 주안호 일가에 그 사실을 알리고 양쪽에서 가격을 올리기 시작한다.

그리고 그 정보의 열람을 막기 위해 주안호 일가가 돈을 내기 시작하면 다른 쪽에서도 풀기 위해 돈을 낸다는 간단한 규칙.

"그런데 제보자가 거기에 끼어들기 시작하면 답이 안 나오죠."

왜냐하면 제보자는 그 돈을 결국 일부는 돌려받기 때문이다.

당연히 상대방에 비해 금전적 압박이 훨씬 덜해 결국 상대방은 나가떨어지게 된다.

"하하하."

그건 이번 사건도 마찬가지.

처음에 어설프게 막으려고 하다 보면 결국 주안호는 돈은 돈대로 쓰고 막지도 못하고, 이혼도 당하고, 사학은 망하고, 재산은 압류당할 것이다.

말 그대로 바닥으로 떨어질 게 뻔했다.

"제가 왜 돈이나 양육비를 청구하지 않았는지 아십니까?"

그들이 불쌍해서?

아니다.

그들이 안 줄 것 같아서?

그럴 리가 없다.

노형진이 작심하고 달려들면 안 줄 수가 없으니까.

"결국 못 줄 테니까요."

이렇게 비자금을 털어 낸 후에 결국 망한다면 그들이 갈 곳은 감옥뿐이다.

그런 그들에게 몇 푼 받아 내려고 해 봐야 의미도 없다.

"도리어 까딱 잘못하면 짐이 되거든요."

"짐?"

"친자 확인 소송의 약점이지요."

친자로 확인되고 양육비를 청구해서 받아들여지면, 그때부터는 반대로 그들이 노쇠하고 힘들어졌을 때 한일해가 그들을 부양해야 할지도 모른다.

"미래가 창창한 아이에게 그런 부담을 지울 수는 없지요."

그래서 10%는 한일해 쪽에서 찾아갈 수 있게 해 둔 것이다.

물론 아직은 말하지 않을 테지만 말이다.

"그건 좀…….''

"어차피 추가 수익 아닙니까?"

"그건 그렇지."

"빡빡하게 굴지 마시죠."

이혼소송을 하게 되면 귀책사유가 저쪽에 있는 만큼 적지 않은 재산을 분할받을 수 있게 된다.

물론 감춰진 돈은 어쩔 수가 없다.

그러나 저들이 틀어막기 위해 돈을 쓰게 된다면, 그 돈은 감춰진 돈에서 뺀 것일 수밖에 없다.

왜냐하면 지금 드러난 재산에서 그렇게 갑자기 돈을 훅훅 빼면 이혼을 대비해서 돈을 빼돌리는 것으로 해석돼서 재판부에서 그 행위가 신의성실의원칙에 위반된다고 판단해 여자 측에 더 많은 비율의 재산을 분할해 주기 때문이다.

　"그리고 저는 확실하게 계약을 지킨 게 되지요."

　그는 뿌린 적이 없다.

　계약 이후에는 그 누구에게도 준 적이 없다.

　'그 이전'이라면 모를까.

　"그렇군."

　기회를 잡았다고 생각한 김태진의 얼굴에는 잔혹한 미소가 떠오르고 있었다.

　얼마 후 노형진은 김성식이 일어났다는 소식을 듣고는 바로 달려갔다.

　"그나저나 범인은 잡았나?"

　검사 출신이라서 그런지 김성식은 일어나자마자 범인부터 확인했다.

　"실행한 놈들은 중국으로 도주했습니다."

　"중국?"

　"네. 아무래도 외부에서 들여온 모양입니다."

"계획범죄로군. 그러면 누가……? 내가 워낙 원한을 많이 사서……."

눈을 찡그리면서 기억을 더듬는 김성식.

그런 김성식에게 노형진은 조심스럽게 질문을 던졌다.

"혹시 한일해 사건 아십니까?"

"한일해 사건? 알지. 그건 내가 개인적으로 알아보고 있는 중이었네만. 왜 그러나?"

"사실 저희는 그쪽이 범인이라고 생각하고 있어서요. 제 선에서 적당히 처리했습니다만."

"한일해 사건이 범인이라고?"

"네. 생각보다 배후가 크더군요."

노형진은 지금까지 있었던 일을 김성식에게 말했고, 김성식은 헛웃음을 지었다.

설마 자신이 남긴 메모 하나로 그렇게 사건을 수사할 줄은 몰랐으니까.

"백신대학교라……. 그놈들이라면 그럴 만하지. 원한도 있고."

"원한요?"

"그래. 몰랐는데 이야기를 들어 보니 기억나는군. 주필용 그놈을 내가 2년 동안 감옥에 넣은 적이 있거든. 주안호가 그놈 아들이었지, 아마?"

"네에?"

이야기가 갑자기 엉뚱한 데로 튀었다.

"출소한 지 10년쯤 되었을 걸세."

주필용은 사학을 운영하면서 탈세, 폭행, 협박 등 온갖 범죄를 다 저질렀다.

그러다가 김성식에게 걸렸고, 그 죄로 2년 동안 감옥에 갔다 왔다는 것.

"벌써 12년 전 이야기야. 폭력 조직이라…… 그렇다면 대충 이해가 가. 그 백신대학교를 만들 때도 말이 많았거든."

"그게 무슨 말씀이십니까?"

"백신대학교를 확장할 때 폭행 사건이 있었다네. 애초에 백신대학교는 범죄와의 전쟁 이후에 폭력 조직의 자금 세탁용으로 만들어진 곳이야. 당연히 범죄 조직과 관련이 있을 수밖에 없지."

김성식의 말에 노형진은 혀를 끌끌 찼다.

"그러니까 단순히 자금의 압박 문제만 있는 게 아니었군요."

"그래. 나야 자금 문제는 잘 모르지만."

주필용의 나이를 생각하면 아마도 그러한 범죄와의 전쟁에서 김성식에게 직접적인 피해를 입었을 수도 있는 일.

"결국 양쪽 다였던 거군."

조용히 옆에 있던 송정한이 혀를 끌끌 차며 말했다.

검찰 쪽은 과거에 대한 보복이라고 생각했고 노형진은 새로운 사건의 이권이라고 생각했는데, 둘 다 틀리진 않았던 것.

"그런데 그 MJ라는 이름은 어떻게 아신 겁니까?"

"넛트월드를 확인했지."

"넛트월드요? 거기가 아직도 영업하고 있습니까?"

노형진은 어이가 없다는 표정으로 말했다.

넛트월드. 개인 홈페이지를 제공하던 사이트였다.

하지만 블로그가 생기고 SNS가 활발한 지금의 시대에 와서는 너무 낙후되어 있고 시스템도 불편해서 사람들이 거의 쓰지 않는 곳이다.

오죽하면 노형진도 완전히 잊어버리고 있었던 곳이 바로 넛트월드였다.

"7년 전 아닌가? 7년 전이면 그래도 넛트월드가 참 인기가 좋았던 시기 아니야? 당연히 만들어 둔 게 있을 거라 생각했지."

도망갔다고 해서 모든 걸 다 지우는 건 아니다.

핸드폰이나 주소 같은 건 감추고 없앨 수 있겠지만, 정신이 없는 와중에 넛트월드를 탈퇴하지는 못했던 것이다.

그리고 그렇게 방치된 넛트월드에는 누군가가 글을 쓰는 기능이 있었다.

"나도 혹시나 해서 들어가 보니 생각지도 못한 글이 있더군."

사실 김성식도 넛트월드를 기억도 못 하고 있었다.

그러다가 뉴스에서 넛트월드 폐쇄 직전이라는 뉴스를 보고 혹시나 해서 들어갔던 것.

"잠깐 핸드폰 좀 주겠나?"

핸드폰으로 넛트월드에 들어간 김성식은 로그인을 하고 누군가의 개인 홈페이지로 들어갔다.

딱 봐도 방치된 지 오래된 홈페이지, 그리고 거기에 쓰인 댓글 하나.

―다시 내 눈앞에 나타나면 죽여 버린다. MJ.

좋은 댓글이나 걱정해 주는 다른 댓글과는 다르게 확실하게 적대감을 풍기는 내용.

"끄응……."

김성식은 이렇게 간단하게 추적한 것을 노형진은 그 고생을 한 것이다.

"그런데 왜 동창회에 가신 겁니까? 여기를 통해 연락해 보시지."

"연락했는데 처음에는 반응이 없었네. 그런데 들어 보니, 반응이 있었으면 이상하기는 했겠군. 아마도 변호사라고 하니 기겁한 모양인데."

그래서 혹시나 동창회에서는 알까 하고 가서 물어봤던 것.

"그리고 보니 그 후에 습격당한 거군."

아마도 넛트월드에서 문자가 온 걸 확인하고 자신에게 달라붙어서 돈이라도 뜯어내려 하는 거라고 생각했을 수도 있다.

거기다 하필이면 수임한 변호사가 원래 원한을 가지고 있던 대상.

그러니 살인 시도라는 멍청한 짓까지 저질렀으리라.

"그리고 그 대가를 치르는 거고."

특정이 안 되었다면 모를까, 특정된 이상 검사들이 그들을 가만둘 리가 없다.

더군다나 이혼소송이 끝나고 그들이 개털이 된 후에는?

아마도 끝도 없는 나락으로 떨어질 것이다.

"그렇다면…… 끄응……."

김성식은 침대 안으로 파고들면서 말했다.

"난 그때까지 좀 쉬어야겠군."

"좋은 밤 보내십시오."

노형진은 미소를 지으면서 병실에서 빠져나왔다.

인생을 건 게임

"사건 하나 부탁하지."

조직이 양지로 나온 후, 한만우는 가능하면 조용히 살았다.

물론 문제가 없는 건 아니었고 그 때문에 노형진과 새론에 새로운 사건들을 맡기는 경우가 종종 있었지만, 직접 찾아오는 경우는 드물었다.

"직접 찾아온 걸 보니 중요한 사건인가 보네요?"

노형진은 한만우에게 자리를 권하면서 커피를 한 잔 내주며 말했다.

"뭐, 큰일이 있습니까?"

"내 휘하의 한 명이 살인으로 재판 중이야."

"살인이라……. 쉬운 사건은 아니군요."

"그래, 쉬운 사건은 아니지. 그런데 그놈이 새가슴이라 살인을 못 한다는 게 문제지."

"네? 그게 무슨 말씀이십니까? 아랫사람이라면서요?"

"조폭도 사람이네. 모두가 다 똑같은 건 아니지."

누군가는 눈도 깜짝 안 하고 사람을 죽일 수 있지만 누군가는 아무리 독하게 마음을 먹어도 사람을 죽이지 못한다.

"조폭들에게 새가슴이라는 말이 그다지 어울리는 단어는 아니지만."

살인 혐의로 수사받고 있는 사람은 겁은 줄 수 있어도 누굴 패거나 죽일 수 있는 위인은 아니라는 거다.

"내 옆에서 십수 년을 일한 놈이야. 누구보다 그놈에 대해 잘 알지."

"조폭인데 그게 가능합니까?"

"나름 쓸데가 있어. 그 녀석은 사채 쪽이거든."

"사채 쪽요?"

"그래."

돈을 받는 과정에서 폭력과 죽음은 떼려야 뗄 수 없는 관계처럼 보이지만, 사실 현실적으로 본다면 사채업자들은 주먹을 잘 안 쓴다.

영악한 채권자들은 도발해서 두들겨 맞고 그걸 합의금과 상계하기도 하는 데다가, 돈을 벌자고 하는 짓이 사채인데 대상을 죽여 버리면 다 헛짓거리가 되어 버리니까.

"뭐, 죽이고 소문을 내서 다른 채무자들이 돈 토해 내게 한다, 그런 건 없는 겁니까?"

"지금 농담하나? 사채에서 주요 수익 모델이 뭔데?"

사채의 수익 모델은 이자다.

그런데 그런 소문이 나면 경찰이 엉겨 붙는 건 둘째 치고 다들 다급하게 원금을 갚으려고 한다.

이자 수익이 줄어든다는 거다.

더군다나 그런 소문이 나면 미친놈이 아니고서야 거기에서 돈을 빌리려고 하지 않는다.

"물론 그런 미친놈들이 있기는 하지만, 그건 보통 채권 회수 업체 놈들이고."

채권 회수 업체는 악성 채권으로 분류되는 채권을 구입해 회수하는 업체를 말한다.

악성 채권인 이상 채권자들은 포기하는 경우가 대부분이니, 그걸 받아 내기 위해서는 폭력과 협박 등이 당연히 따라온다.

"일반 사채업은 그랬다가는 망하지. 더군다나 일본 자금이 빠진 후에 우리 사채시장이 얼마나 활황인데."

노형진은 고개를 끄덕거렸다.

그의 말대로 노형진의 함정에 빠진 일본 사채 자금이 한국을 떠났고, 그 후에는 한국의 자금이 사채시장을 꽉 잡고 있다.

물론 법정이자 이상은 안 받고 있기도 하지만 말이다.

"그런데 뭐, 실수로라도 죽인 겁니까?"

변수는 많다.

단순히 겁을 주려고 했는데 상대방이 과민 반응하여 심장마비가 왔다거나, 슬쩍 밀었을 뿐인데 넘어지면서 머리를 부딪혔다거나 하는 식으로 말이다.

"그것도 아니야. 어떻게 보면 경찰에서 헛짓거리 하는 건데……."

"헛짓거리요?"

"채권자 한 명이 맞아 죽었거든."

"맞아 죽어요?"

"그래. 악성 채권자이기는 했는데……."

채권자가 흠씬 두들겨 맞은 채로 발견되었다.

그리고 발견 당시에 이미 사망.

검시 결과는 폭행으로 인한 뇌진탕으로 사망했다고 나왔다.

"그리고 협박한 게 우리 쪽이니까."

"아하!"

악성 채권자라고 하니 당연히 이쪽에서는 돈을 받아 내기 위해 압박했을 테고, 그 사실을 가족이나 주변에서는 알고 있었을 것이다.

그런 상황에서 피해자가 맞아 죽었다면 의심스러운 것은 당연히 이쪽이다.

"실수로라도 죽인 거 아닙니까?"

"실수? 실수가 아니야. 여기 경찰 쪽을 통해 증거를 받아 왔네."

"순순히 줍니까?"

"이미 변호사가 있어. 그런데 그쪽에서 손쓰지 못해서 노 변호사한테 온 거야."

노형진은 서류를 받아서 그걸 살폈다. 그리고 고개를 끄덕거렸다.

"살아 있을 수는 없었겠네요."

사진 속 피해자의 얼굴은 완전히 시커멓게 변해 있었다.

죽어서 변한 게 아니다.

누군가 작심하고 때린 듯 얼굴이 탱탱 붓고 온통 멍이 들어 있었다.

얼굴뿐만이 아니었다.

가슴과 배 등 여러 곳에 구타의 흔적이 남아 있었다.

"우리 쪽은 절대 직접 손을 대지 않네. 겁을 주는 것과 누군가를 죽이는 건 전혀 다른 문제야. 사채시장은 황금 알을 낳는 거위야. 어떤 미친놈이 그런 거위의 배를 가르겠나?"

물론 손대는 놈들이 아예 없는 건 아니다.

하지만 그런 놈들은 하루하루 포기하고 살아가는 자들이다.

"확실히 그건 그렇지요."

지키고자 하는 게 많다면 공격적으로 나갈 수도 없는 노릇이다.

이런 일이 커지면, 아무리 양성화했다고 해도 조직이 위험해질 수도 있는 노릇이니까.

"우리는 절대 손대지 않았네. 하지만 경찰은 우리라고 의심하고 있어. 이건 결코 반가운 오해는 아니지."

사실 양지화되었다고 해서 한만우의 조직이 폭력 조직이 아닌 것은 아니다.

그럼에도 불구하고 별문제가 없었던 것은, 선을 넘지 않는 조건으로 경찰과 조직 간에 일종의 합의가 이루어졌기 때문이다.

그런데 그 합의가 깨지게 되면 경찰은 때려잡으려고 할 테니 한만우 입장에서는 그냥 넘어갈 수 있는 일이 아니었다.

"잠시만요."

일단 사정이야 알겠지만 그렇다고 해서 무조건 한만우의 조직원이 하지 않았다고 생각할 수는 없다.

노형진은 관련 서류를 다시 한번 점검하기 시작했다.

'이거 안 좋은데?'

경찰이 제대로 수사하면 좋겠지만 때때로는 답을 정하고 수사하기도 한다.

그리고 지금 기록을 보면 경찰이 이미 답을 정해 두고 수사한 흔적이 역력했다.

하긴, 그게 편할 테니까.

그리고 그런 약점을 하나 잡아 두면 한만우의 조직을 관리하기 쉬운 것도 사실이고 말이다.

"경찰에 변론을 통해 무죄를 주장하는 건 의미가 없을 것 같은데요."

협박했다는 증거가 워낙 많은 데다가, 어찌 되었건 범죄 조직에 사채업자다.

그들에게 판사가 우호적인 판결을 내려 줄 가능성은 제로라고 봐도 무방하다.

"그런가?"

"네. 그런데…….."

노형진은 몇 번이나 서류와 사진을 확인하다가 이상하다는 생각이 들었다.

"확실히 이상한 부분은 있네요."

"이상한 부분?"

"폭력배들의 기본적인 전략은 다굴 아닙니까?"

"뭐, 그렇지."

일대일 맞짱으로 승패를 나누는 건 드라마나 소설에나 나오는 낭만(?)적인 모습이지, 실제로 폭력 조직들은 여럿이서 사람을 팬다.

그래서 그 대상이 설사 격투기 선수라고 해도 못 이기는 거다.

다굴에 장사 없다는 말이 괜히 생긴 게 아니니까.

"그런데 이상하네. 이 타박상의 부위 말입니다."

"이 부위가 왜?"

"경찰이 왜 이 부분을 그냥 넘어갔는지 모르겠네요. 아니, 모른 척한 것일 수도 있겠습니다. 그쪽은 아무래도 이미 답을 정해 둔 것 같으니까요."

"부위가 중요한가?"

"중요하지요."

노형진은 서류철 안에서 사진을 꺼내어 한 장씩 넘기며 말했다.

"이 사진대로라면 피해자는 상대와 맞서 싸웠습니다. 얼굴과 배 그리고 허벅지 등등에 그런 싸움의 흔적이 남아 있지요."

"그런데?"

"다굴로 싸우는데 이런 흔적이 나올 리가 없지요."

이해를 못 하는 표정이 되는 한만우.

노형진은 그런 그에게 혀를 끌끌 차면서 더 쉽게 풀어서 설명했다.

"싸움의 흔적의 위치를 보세요. 이 피해자는 상대와 마주 보고 싸운 겁니다. 주먹질도 하고 발길질도 당하고. 그런데 한 명이 다수의 사람들에게 공격받으면 보통은 새우등 형태를 취하게 됩니다."

"아하! 무슨 소리인지 알겠네."

다수의 사람들에게 집중 공격을 받게 되면 일단 제대로 일어날 수도 없는 상황이 된다.

그러면 사람은 어떻게 할까?

본능적으로 등을 구부리고 타격을 받아 내면서 머리를 손으로 감싼다.

가능하면 주요 장기를 보호하려고 하는 본능 같은 거다.

배보다는 등 쪽이 타격에서 주요 장기를 좀 더 보호할 수 있으니까.

"그런데 이 상처를 보세요. 이 상처들은 모두 전면에 있습니다. 다수의 싸움이라면 이런 게 나올 수가 없지요."

모든 상처가 전면으로 몰려 있는 상황.

즉, 누군가와 마주 보고 일대일로 싸웠다는 거다.

"옳거니! 그렇군. 뭐 자랑할 일은 아니지만 지금까지 다들 그래 왔으니까."

아무리 착해도 조폭은 조폭이다.

한만우가 사람 한번 안 때려 봤겠는가?

그런데 그의 기억 속의 사람들은 모두 노형진의 말대로 몸을 최대한 둥그렇게 말고 자신을 지키려고 몸부림쳤다.

"이런 상처는 꼭…… 아, 음……."

문득 뭐가 생각난 듯 말을 하려고 하다가 입을 꾹 다무는 한만우.

그러나 그가 말하지 않는다고 해서 노형진이 그가 하고자 하는 말을 모르는 건 아니었다.

"양옆에서 붙잡고 구타하는 형태를 말씀하시고 싶은 거죠?"

"어떻게 안 건가?"

"제가 폭행 사건을 한두 번 해 보나요?"

어깨를 으쓱하는 노형진.

그는 다시 한번 사진을 보여 주면서 말했다.

"그럴 가능성은 없습니다. 그랬다면 양팔에 방어흔이 없어야지요."

실제로 조폭들 중 일부는 양팔을 잡고 주먹질을 하는 경우가 많다.

그렇다면 양팔에 방어흔이 남아서는 안 된다.

"하지만 이 사진을 보면 양팔에 방어흔과 멍이 가득합니다. 대충 보면 가드를 한 것 같은데."

"가드?"

"네, 가드로 주먹을 막은 형태랑 비슷하네요."

"가드는 권투 기술 아닌가? 권투 선수들 몸에는 이런 흔적이 안 생기던데."

"권투 선수들이야 글러브를 끼니까요."

아무래도 이런 멍 같은 게 적을 수밖에 없다.

"그렇다고 가지고 논 것 같지도 않고."

"무슨 말인가?"

"둘러싸고 집단 구타를 한 거죠."

그리고 피해자는 방어하기보다는 계속 덤빈다면, 확실히

이런 형태가 될 수도 있다.

"그런데 그런 것치고는 뒤쪽이 너무 멀쩡해요."

다수의 숫자가 한 사람을 가지고 논다?

그렇다면 공격 패턴은 뒤에서 발로 차거나 하는 형태가 된다.

영화에서처럼 일 대 십칠은 불가능하다.

사람의 시야에는 한계가 있기에, 그 밖에서 들어오는 공격에는 대응이 불가능하다.

"좁은 골목에서 일대일로 계속 싸우는 건?"

"갑자기 싸움이 난 것도 아니고 끌려가서요? 경찰 기록을 보니까 실종 상태였던데요?"

경찰의 주장대로라면 납치당한 상태에서 골목을 등지고 일대일로 다수의 조폭들과 싸운 거다.

"그게 말이 됩니까?"

그런 신사적인 싸움을 한다면 그건 스포츠맨이지 조폭이 아니다.

더군다나 빚을 갚지 않아서 끌고 간 놈을 앞에 놓고 신사적으로 일대일로 싸운다?

"그럴 리가요."

노형진은 어깨를 으쓱했다.

한만우가 양지로 조직을 끌어냈다고 해서 그들의 기질이 갑자기 선량해지는 것은 아니다.

"그렇지? 역시 우리 애가 그런 거 아니지?"

"회장님도 미심쩍기는 하셨나 보군요."

"아, 뭐…… 사채업을 하는 놈이 그놈만 있는 게 아니니까."

직접 손은 쓰지 않는다 해도 얼마든지 다른 사람을 시킬 수는 있다는 소리였다.

"그나저나 이상하네요."

노형진은 사진을 계속 넘기면서 고개를 갸웃했다.

"신체의 이 흔적들, 어디서 많이 본 건데 기억이 안 납니다."

"자네가 사건 많이 했다면서?"

"사건을 많이 한 건 사실이지만 이런 흔적은 결코 흔하지 않거든요."

폭력이나 폭행 사건은 많다.

그런데 그럼에도 불구하고 이번 사건 피해자의 신체에 남은 멍이나 여러 가지 흔적은 익숙한 듯하면서도 익숙한 패턴이 아니었다.

"마주 보고 싸웠다는 건 알겠는데……."

노형진은 그걸 보다가 머리를 긁적거렸다.

"잘 아는 사람이 한 명 있으니 그 사람한테 물어봐야겠네요."

"폭행 전문가를 알아?"

"아니요, 운동 전문가가 있거든요. 운동이라고 하면 뭐든 좋아하니까 알지도 모르지요."

"그게 누군데?"

"그게 바로 접니다만."

무태식 변호사는 운동을 좋아하느냐는 한만우의 말에 당연하다는 듯 말했다.

"새론에서 제일 운동을 잘하는 게 접니다, 하하하."

"그래 보이기는 하는구먼."

애초에 무태식은 생김새만 보면 변호사보다는 조폭이나 운동선수에 가까운 사람이다.

실제로 그는 운동을 좋아한다.

그것도 격한 운동을 좋아한다.

"혹시 이런 패턴의 상처 흔적 보신 적 있습니까?"

노형진은 그에게 사진을 건네주면서 물었다.

무태식은 그걸 받아서 넘기면서 살폈다.

"이거 어디서 나셨습니까? 아니다, 사진 상태로 보니 사건 피해자 사진이겠네요."

"맞습니다. 그런데 일대일로 싸운 건 알겠는데 자세한 건 잘 모르겠어서, 혹시 아실까 해서요."

"이거…… 잠깐만요. 격투기 쪽 흔적인데요?"

"격투기요?"

"네. 그런데 이상하네, 진짜 격투기는 아닌데."

고개를 갸웃하는 무태식.

그는 보고 있던 사진을 돌려주며 말했다.

"상처나 멍든 걸 보면 일대일 격투 형식인 것 같은데, 상대가 누군지 모르겠지만 격투기에 대해 잘 아는 사람은 아니네요."

"어째서죠?"

"어설퍼요."

"어설프다니?"

"이 정도로 싸웠다는 건 거의 사생결단을 낼 기세였다는 건데."

그 말은 사실이다. 실제로 피해자는 죽었으니까.

즉, 한쪽이 죽을 때까지 싸웠다는 의미다.

"그렇다면 저라면 차라리 관절기를 이용하지요."

"관절기?"

"네, 상대방을 무력화시키는 데에는 그게 최고거든요. 그런데 관절기 흔적이 하나도 없네요. 그러니까 격투기 선수는 아니라는 거죠."

선수마다 잘하고 못하고의 차이는 있겠지만 격투기 선수라면 관절기 하나쯤은 무조건 익히고 있을 수밖에 없다.

"피해자도 격투기 선수는 아닌 것 같으니, 그런 사람 상대로 관절기 하나 거는 건 어려운 일이 아니거든요."

어깨를 으쓱하는 무태식.

"특히 얼굴 쪽에 상처가 많은 걸 보니 더더욱 그러네요."

"무슨 소리입니까?"

"일반인과 격투기 선수의 차이 중 하나가 바로 다리의 사용이지요."

그렇게 말하면서 무태식은 자신의 발을 들어 탁탁 쳐 보았다.

"다리는 공격 범위도 넓고 강력합니다. 그래서 카운터 치기 좋지요. 하지만 동시에 기둥이 됩니다. 무너지면 속절없이 당하는 거죠."

다리로 공격했다가 중심을 잡지 못해서 휘청거리면 반격 당하기 쉽기 때문에, 전문 격투기 선수들은 다리를 이용한 공격을 섣불리 하지 않는다.

물론 아예 쓰지 않는다는 건 결코 아니다.

"격투기에서 가장 기본이 허벅지로 공격하는 거니까."

무에타이 선수들이 기둥을 발로 차면서 단련하는 건, 상대방의 발을 공격해서 균형을 무너트리면 사실상 싸움이 끝나기 때문이다.

"그런데 이 흔적을 보면, 그냥 막 찬 거예요. 사실 상대방이 발 공격을 그리 많이 한 것 같지도 않고."

무태식은 눈을 찡그리며 말했다.

"형태로 보면 막싸움에 가까운데 그렇다고 완전히 막싸움도 아니고……."

막싸움이라면 주먹을 휘두르고 발길질을 하고 머리채를 붙잡고 싸우고, 아주 개싸움이었을 것이다.

"그런데 막싸움은 이렇게까지 될 리가 없거든요."

막싸움이라는 말에 노형진은 슬며시 한만우를 바라보았다.

그 시선에 한만우가 묘한 표정이 되었다.

"막싸움은 아닐걸. 그래도 그놈이 용안대학교 출신이거든. 그것도 권투부."

"권투부요?"

"그래."

용안대학교는 한국에서 제일 유명한 대학교 중 하나다.

공부를 잘해서가 아니라 한국의 스포츠계를 꽉 잡고 있기 때문이다.

한성체대와 용안체대. 한국의 스포츠는 이 양 갈래라고 봐도 무방할 정도로 말이다.

실제로 주요 스포츠의 국가 대표는 웬만하면 이 두 학교 중 한 곳 출신이라고 봐도 무방할 정도다.

"용안대학교 권투부 출신이 상대였다면 이런 막싸움 흔적은 남을 수가 없는데."

아무리 실력이 부족해서 국가 대표가 되지 못하고 조폭으로 흘러들어 왔다고 해도, 애초에 용안대학교 출신이면 빠르게 치고 빠지는 정도는 알고 있을 수밖에 없다.

"용안대학교 권투부 출신하고 싸우면 이 정도가 되기도 전에 눈 까뒤집고 기절하죠."

단 한 방, 정확하게 관자놀이만 맞아도 사람은 눈 뒤집고 기절하게 된다. 그게 정상이다.

"그 상황에서 맞은 것 같지도 않고."

여러모로 상처가 현실과 맞지 않는 상황.

"이거 참, 말이 안 되는데."

무태식도 이해가 안 간다는 듯 중얼거렸다.

"일단 제가 변론에 나서 보지요."

노형진은 일단 여러모로 이상하다는 생각에 고민하면서 말을 꺼냈다.

물론 이 모든 게 정황증거이기는 하지만 엉뚱한 사람이 처벌받게 둘 수는 없으니까.

"아니야. 그만두게."

"네?"

노형진은 갑자기 하지 말라는 한만우의 말에 깜짝 놀랐다.

한만우 스스로가 이번 사건을 의뢰하기 위해 온 것 아닌가? 그런데 그만두라니?

"이런 거라면 자네가 가 봐야 뭐 정황증거만 놓고 싸우게 될 테고, 그건 다른 변호사라고 해도 충분히 할 수 있을 거야. 격투기 이야기는 내가 전해 주도록 하지."

"하지만 그렇게 되면 그 부하 되시는 분은?"

"어차피 조폭이야. 이 바닥에 들어온 사람이 구속 같은 걸 두려워할 것 같나? 중요한 건 처벌을 안 받는 거야. 구속이 야 뭐 벌도 아니니까."

"처벌을 안 받는다고요? 그게 무슨 말씀이신지?"

"아니, 내가 조금 걸리는 게 있어서 그러네."

한만우는 고민하는 눈빛으로 말했다.

"조만간 내가 더 큰 걸 부탁할지도 몰라. 어쩌면 그게 더 중요할 수도 있는 일이지."

노형진은 고개를 갸웃했지만 고객이 의뢰를 하지 않겠다고 하니 어쩔 수 없다는 듯 어깨를 으쓱하고 말았다.

그리고 노형진이 그 사건을 잊어버릴 때쯤 되었을 때, 한만우가 다시 찾아왔다.

"뭐라고요?"

그런데 이번에 그가 꺼낸 말은 상상을 초월했다.

"암흑투기장이라고 아나?"

"그게 뭡니까, 그 중2병스러운 작명 센스는?"

"뭐, 센스는 둘째 치고 존재는 확실하지."

"투기장이라고 하면 싸우는 공간 아닙니까? 그런데 그건 왜요?"

"사실은 그 사건 이후에 우리 쪽에서 실종된 사람들을 찾아봤거든."

"실종요? 조직원 중에서요?"

"아니, 채무자 중에서."

"채무자들이 야반도주하는 경우야 많지 않습니까?"

오죽하면 이사 업체 중에서 야반도주 전문이라고 홍보하는 곳도 있을 정도다.

"알고 있네. 그래서 우리도 신경 쓰지 않았지. 그런데 자네랑 무태식 변호사가 하는 이야기를 듣다 보니 생각나는 게 있어서 좀 알아봤다네."

어설픈 싸움의 흔적. 그럼에도 불구하고 죽도록 싸운 흔적.

"설마?"

그 말을 듣자 노형진도 머릿속에 번뜩이는 게 있었다.

투기장. 싸우는 걸 구경하는 공간.

투기의 역사는 오래되었다.

로마에는 검투사가 있었고 스페인에는 투우가 있다.

한국도 투견이라는 불법 도박이 매년 벌어지고 경찰이 매년 잡아내고 있다.

목숨을 걸고 싸우는 그 피 튀기는 현장은 다른 어떤 게임보다 큰 흥분을 불러일으킨다고 한다.

"그런 거, 소설이나 만화에나 나오는 거 아니었습니까?"

때마침 옆에 있던 무태식이 어이가 없다는 표정으로 물었다.

다른 것도 아니고 사람의 목숨을 걸고 싸운다?

"그걸 보고 만들었을 수도 있지. 어느 쪽이든 사람이 상상한 거고 구현해 내지 못할 것도 없지 않나?"

확실히 그렇다. 과학기술이 필요한 SF도 아니고, 그냥 투기장으로 쓸 조용한 공간만 확보되면 그만.

"그런데 왜 야반도주한 사람을?"

"그 죽은 사람도 야반도주라고 생각했거든."

그래서 완전히 잊어버리고 있다가 이 꼴이 난 것이다.

"그런데 야반도주했다는 놈이 가족을 버리고 갔어."

물론 야반도주하는 사람들 중 일부는 가족을 버리고 도망가기도 한다. 그래서 그 당시에는 이상하다고 생각하지 않았다.

"그런데 찾아보니 악성 채권자들 중에 그런 사람들이 제법 많아."

"그 사람들이 도주한 게 아니라고 생각하시는 거군요."

"물론 도망간 사람들도 있겠지. 하지만 이상하게 고소가 많았거든."

"네? 그게 무슨 말입니까?"

"우리 쪽을 납치랑 협박으로 고소한 사람들이 많았다는 거야."

노형진은 눈을 찌푸렸다.

실종된 사람이 고소할 리는 없으니, 결국 고소한 사람은 그 가족이라는 소리다.

"그때야 별생각이 없었거든. 하지만 당하고 보니 이상하더군."

아무리 돈 때문에 야반도주를 한다고 해도 가족들에게는 한마디라도 하기 마련이다.

무슨 드라마에서처럼 '아빠가 돈 벌어 올게.'라는 한마디 라도.

"그래서 야반도주를 해도 고소가 들어오는 경우는 드물었지."

그런데 요 근래에 갑자기 그런 식으로 실종에 관련된 고소 가 갑자기 늘어났다는 것이다.

"정확하게는 한 3년 전쯤부터 늘어났더군."

물론 그걸 신경 쓰지는 않았다.

그런 데에까지 세심하게 신경 쓴다면 이미 조폭이 아니다.

더군다나 증거도 없는 일방적인 신고인 만큼 대부분 경찰 에서 혐의 없음으로 넘어왔다.

그런데 이번 일이 닥치고 보니 이상하다 느껴졌다는 것.

"혼자 야반도주한 사람이 맞아 죽은 채로 발견된다는 건 이상하지 않나?"

노형진은 고개를 끄덕거렸다.

확실히 그렇다.

"그래서 알음알음 좀 알아봤지."

아무리 양지화되었다고 해도 그들의 기본이 어디 가는 건 아니다.

한만우는 혹시나 하는 마음에 관련 소문을 찾아봤고, 그 와중에 생각지도 못한 소문을 하나 들었다.

"투기장이라는 곳이 생겼다더라 정도의 소문이지만."

정확한 위치나 날짜, 누가 하는지 등에 대한 정보는 없었다.

그저 그런 데가 있다더라 수준의 소문이었다.

"투기장이라……."

노형진은 심각한 표정이 되었다.

말도 안 되는 개소리 같기는 하지만 또 무시할 수는 없는 노릇이다.

노예 거래와 장기 매매도 뻔하게 이루어지는 세상에서 투기장은 없을 거라는 보장은 없다.

"그런 게 있다면 신고가 들어오기 힘들겠네요."

무태식도 바로 상황을 알아차렸다.

만일 투기장이 있고 소수의 사람들이 거기서 쾌락을 얻고 있다면?

그들이 신고할까?

그럴 리가 없다.

결국 피해자가 신고해야 한다.

그런데 거기에는 한 가지 조건이 있다.

살아 있는 피해자여야 한다는 것.

"로마에서는 관중의 선택에 따라 검투사의 목숨이 날아갔다는 이야기도 있었으니까."

물론 그건 헛소문이다.

검투사는 그 당시에 가장 인기 있는 직종 중 하나였다.

물론 목숨을 걸고 싸우는 검투사들이 없는 것은 아니었다.

그러나 그런 경우는 진짜 노예들이 투입된 거고, 사람 대

사람으로 싸우는 검투사들은 승패에 따라 목숨이 날아가지는 않았다.

"하지만 그 사실을 요즘 사람들이 잘 아는 건 아닐 테고."

도리어 사람들이 생각하는 검투사라는 건, 관중이 죽이라고 하면 일격에 패배자의 목을 날려 버리는 그런 것이다.

"나도 더 이상 파고들 수는 없었네. 정보가 너무 막혀 있어. 그나마도 이런 뜬소문 수준이 끝이라……."

노형진은 턱을 문질렀다.

그러나 무태식은 얼굴 가득 불신을 띄웠다.

"아니, 그래도 진짜로 사람 목숨을 걸고 도박을 한다고요? 무슨 말도 안 되는……."

"말이 안 되지는 않지요. 이미 있는 거니까."

"네?"

"잘 알려지지 않았을 뿐, 투기장은 이미 존재합니다. 특히 태국 쪽에는 넘쳐 나지요."

가장 대표적인 예가 바로 태국이다.

태국에는 수많은 무에타이 선수들이 있다.

그리고 태국은 그다지 인권을 신경 쓰는 나라가 아니다.

"태국에는 엄청난 수의 투기장들이 있습니다."

거기에서 선수들은 출전하고, 도박이 이루어지고 있다. 그 과정에서 인권 따위는 완전히 무시된다.

태국 정부는 그걸 알면서도 모른 척한다.

그 안에서 흐르는 돈이 장난이 아니기 때문이다.

실제로 태국에서 13세 아동이 시합 중 뇌출혈로 사망하는 사건이 있었다.

그런데 그게 첫 시합에서 재수 없게 터진 게 아니었다.

고작 열세 살짜리 아이가 무려 170회의 싸움을 했던 것.

공식 기록이 그렇다.

그 아이는 고작 여덟 살 나이에 첫 시합을 시작했고, 열세 살에 죽을 때까지 한 달 평균 3회 정도의 시합을 해야 했다.

그것도 돈을 걸고 하는 도박 싸움을 말이다.

"태국은 가난한 나라니까 그런 일도 가능한 거라고 무시할 수 있는 건 아니지요."

잘사는 나라라고 해서 범죄가 발생하지 않는 게 아니다.

인간의 본능과 관련된 범죄는 더더욱 그렇다.

"진짜로 누군가가 채무자들을 강제로 끌어다가 투기장에서 목숨 걸고 싸우게 한단 말입니까?"

"어차피 살아남아도 신고는 못 합니다."

그런 투기장을 운영하는 자는 절대 혼자가 아니다.

신고해 봐야 본인도 살인죄로 처벌받을 뿐만 아니라, 보복을 두려워할 수밖에 없다.

"거기다가 빚을 탕감해 준다는 조건을 붙인다면?"

그렇게 말하면서 한만우를 바라보는 노형진.

그러자 한만우는 고개를 끄덕거렸다.

"하겠지."

그 정도로 코너에 몰린 사람이라면 피폐해질 대로 피폐해진 상태다.

싸워서 이기면 빚을 탕감해 준다는데 안 하지는 않을 것이다.

"물론 지면 죽는다는 건 이야기해 주지 않을 거야."

피해자가 사고로 죽은 건지 아니면 죽이라는 요구 때문에 죽은 건지는 알 수 없다.

중요한 것은 죽었다는 거고, 그 이유가 '맞아서'라는 거다.

무태식은 심각한 표정이 되었다.

그 말이 사실이라면 누가 언제 어디서 죽을지 모른다는 거다.

"일단 이 사건은 저희가 하도록 하지요. 어차피 이게 사실이라면 감옥에 있는 직원분은 무죄라는 거니까요."

"나중에 감옥에서 나오면 정부에서 두둑하게 뜯어내 주게나."

역시 조폭 출신이라고 해야 하나?

억울하다는 말보다는 그걸 핑계로 정부에서 뜯어낼 생각을 하는 한만우였다.

"그런데 어떻게 찾으려고? 죽은 놈은 말이 없는데."

"죽은 사람은 말이 없지요. 하지만 그가 발견되었다는 게 바로 증거입니다."

"그게 무슨 소리인가?"

"그 암흑투기장이라는 중2병스러운 이름을 가진 곳이 어디든 간에, 목숨을 걸고 싸우는 곳일 겁니다. 그런데 그는 발견되었지요. 지금까지 오랜 시간 운영되었다면 그놈들에게 시신을 처리할 방법이 없었겠습니까?"

"아하!"

사인은 폭행으로 인한 뇌출혈이다.

그런데 그 뇌출혈이라는 게, 바로 죽는 경우도 있지만 나중에 갑자기 픽 하고 쓰러져 죽는 경우도 있다.

"아마도 후자일 겁니다. 싸움에서 졌거나 현장에서 죽었다면 그놈들이 시신을 처리했을 테니까요."

즉, 피해자는 승자였고, 암흑투기장에서 빠져나온 후 뇌출혈로 죽었다는 소리다.

"그리고 다른 한편으로는 다른 채권이 있다는 소리이기도 하지요."

사람을 채권도 없이 납치해서 싸움을 붙인 거라면 절대로 풀어 주지 않을 테니까.

"채권이라……. 하지만 우리가 피해자의 계좌를 깔 수는 없는데."

"계좌가 아니라 업체를 찾아봐야지요."

"업체?"

"은행에서 빌린 돈을 갚기 위해 목숨 걸고 싸우지는 않을 테니까요."

상대가 누군지 모르지만 최소한 빚을 갚기 위해 발악할 정도로 노력했다는 걸 의미한다.

한만우의 조직에는 갚지 않았는데 그 조직에는 갚았다는 것은, 그쪽이 훨씬 독종이라는 거다.

"일반 사채보다는 일수 쪽이겠군."

그리고 그런 정보라면 한만우가 충분히 알아볼 수 있는 일이었다.

"좋아, 그건 우리가 알아보지. 얼마 걸리지 않을 거야. 그렇게 독종인 놈들은 많지 않거든."

한만우는 자신이 있다는 듯 말했다.

그들은 얼마 지나지 않아서 피해자에게 돈을 빌려줬던 업자를 찾을 수 있었다.

"아, 이 사람요? 알지요. 저희 쪽에서 대출해 간 적이 있습니다."

"얼마나요?"

"8천요."

노형진은 눈을 찡그렸다.

그리고 그 모습에 남자는 침을 꿀꺽 삼켰다.

한만우가 보낸 변호사다. 잘못 건드리면 여러모로 좆 되어 버린다는 걸 직감적으로 느낀 것이다.

실제로 그의 뒤에서는 한만우 조직의 사람이 당장이라도

여기를 뒤집을 준비를 하고 있었다.

"오해가 있으신가 본데……."

"오해는 무슨! 이 사람, 당신이 죽였지!"

조용히 있던 한만우의 조직원은 갑자기 나서서 깽판을 치기 시작했다.

그리고 뒤쪽에서도 난리가 났다.

"부숴!"

"이 새끼들 죽여!"

"헉!"

외부에서 기다리고 있던 한만우의 조직원이 문을 부수며 안으로 들어왔기 때문이다.

"네? 아니, 갑자기 그게 무슨 말입니까?"

"우리 조직에서 그 죄를 뒤집어쓰고 감옥 갔어! 우리는 건들지도 않았는데! 한두 푼도 아니고 무려 8천만 원이라면서? 그 정도면 답 나온 거 아냐? 이 새끼들이!"

조직원은 고의적으로 죄를 뒤집어씌웠다고 생각했는지 고래고래 소리를 질렀다.

그리고 채무자가 죽었다는 소식을 모르고 있던 남자는 깜짝 놀라서 허둥거렸다.

"오…… 오해입니다! 오해예요! 우리는 안 죽였습니다! 저희가 미쳤다고 죽입니까?"

"오해는 개뿔! 우리 조직원이 감옥에 들어갔는데 이제 와

발뺌한다고 먹힐 것 같아?”

“아니, 진짜입니다. 저희가 죽일 이유가 없습니다. 이미 빚은 다 갚았습니다.”

“헛소리하고 자빠졌네.”

“헛소리 아닙니다. 각서도 써 줬고요! 진짜입니다.”

허둥거리면서 금고를 열어서 각서를 보여 주는 남자.

“현금으로 가지고 와서 8천 전부 갚았습니다.”

“뭐? 8천을? 뭔 개소리야?”

“진짜입니다. 현금으로 다 줬어요!”

“그런 돈이 있었을 리가 없는데?”

“그런 돈이 있고 없고는 전 모르겠지만 이건 진짜라니까요. 아, 미치겠네.”

남자는 침을 꿀꺽 삼켰다.

“헛소리하지 말고.”

“진짜입니다. 그날 입금 내역을 보여 드릴까요?”

피해자가 현금으로 가지고 왔다지만 그 돈을 자신의 계좌에 넣었으니 남자는 그걸로 증명할 수 있다고 생각했다.

노형진은 당장이라도 그 남자를 패 죽이려고 하는 조직원을 손을 들어서 진정시켰다.

“그러니까 빚은 다 갚았다?”

“네, 진짜입니다.”

“그리고 그 과정에서 불법은 없었다?”

"아니…… 저기, 그게…….."

"경찰 데리고 올까요?"

그는 사색이 되었다.

온갖 불법이 다 튀어나올 텐데, 그 과정에서 이자를 법정 이자보다 높게 받은 부분도 당연히 튀어나올 테니까.

"좀…… 주먹을 쓰기는 했습니다."

즉, 그를 몰아붙인 건 한만우가 아니라 이쪽이라는 거다.

"그래서, 그 돈은 어디서 났다고 하던가요?"

"그냥 빌렸다고…….."

"현금으로요?"

"그렇습니다."

노형진은 곰곰이 생각에 잠겼다.

'정상적이지는 않아. 아마도 그놈들이 빌려준 거겠지.'

무려 8천만 원이다.

그런 큰돈은 무조건 계좌를 이용해서 이체하는 것이 보통이다.

그래야 거래 내역을 입증할 수 있고 나중에 받아 내기도 쉽기 때문이다.

그건 갚는 쪽도 마찬가지.

그럼에도 불구하고 현금으로 가지고 왔다는 건 그쪽에서도 현금으로 줬다는 의미다.

"누구한테 받았는지는 알 수 없고요?"

"알 수 없지요."

"그러면 그 날짜는 정확하게 특정할 수 있습니까?"

"네? 아, 그거야 당연히 특정할 수 있습니다."

"그러면 그 날짜 좀 알려 주시겠습니까?"

노형진은 눈을 번뜩거리면서 말했다.

호랑이 아가리에 들어가기

　노형진이 날짜를 확인한 것은 그 당시의 통화 기록을 확인하기 위해서였다.

　돈이 쪼들리는 상황에서 그가 여기저기 전화해서 돈을 구하려고 했기 때문에 그 날짜를 정확하게 알아야 통화 대상을 특정할 수 있었다.

　"아마도 이 번호 같다."

　노형진은 오광훈과 함께 이번 사건을 해결하기로 했다.

　어차피 사건은 스타 검사에게 밀어주기로 한 상황이니까.

　"아니, 담당 검사 있다면서?"

　"담당 검사야 있지. 그런데 너도 검사들 알잖아. 잘못을 인정하기보다는 그냥 사람 하나 죽이는 걸 선택하는 놈들이

태반이라……."

"야, 물 많이 갈았다니까."

"물 많이 갈았다고 해서 검사가 갑자기 깨끗해지는 건 아니지. 그리고 이런 실적을 왜 남한테 주는데? 그것도 수사도 제대로 하지 않아서 엉뚱한 사람을 감옥에 넣은 놈을."

"끄응, 그건 그러네."

사실 검찰은 수사권이 있으니 노형진처럼 이렇게 복잡하게 하지 않아도 된다.

그런데 일을 제대로 하지 않는 바람에 노형진이 복잡하게 일을 꼬아서 해야 했다.

"그런데 돈을 빌린다고 해서 할 수 있는 게 아니잖아."

"할 수 있지. 누군가가 그 안에 잠입하면 돼."

"뭔 소리야?"

"이건 현장이 필요한 거야."

투기장에서 사람 목숨을 놓고 게임을 한 현장을 잡지 못한다면, 아무리 해 봐야 결국 협박 정도로밖에 엮어 내지 못한다.

그리고 그 투기장에 구경하러 오는 사람들은 절대 잡을 수가 없다.

"거기로 내모는 놈들도 문제지만 구경하러 오는 놈들도 문제야. 정상적인 놈들이라면 그걸 알면서 그냥 있겠어?"

"하긴 그러네."

투기장도 돈이 되어야 하는 거다.

당연히 입장료가 결코 싸지는 않을 것이다.

"거기서 그걸 구경하는 놈들은 둘 중 하나지. 살인 방조 아니면 살인 교사."

만일 살인하는 장면을 보고도 신고하지 않았다면 살인 방조가 되고, 무슨 영화처럼 '죽여라!'를 연호한다면 살인 교사가 된다.

두 죄 모두 형량이 징역 1년 이상 10년 이하다.

강력 범죄라는 소리다.

"수십 명이 될지 수백 명이 될지 알 수가 없으니까."

그들을 잡기 위해서는 어떻게 해서든 현장에 가야 한다.

"그래서 누군가는 거기에 들어가야 해. 그리고 그 역할은 네가 맡을 거야."

그 말에 오광훈은 당황했다.

"그게 왜 나야? 나는 얼굴도 알려져 있는데?"

"그건 분장으로 감출 수 있어. 그리고 나는 외부에서 상황을 컨트롤해야 한다고. 그렇다고 격투 전문가를 넣을 수는 없잖아."

너무 잘 싸우면 의심하게 된다.

그들이 원하는 건 둘이서 피 터지게 싸우는 거지, 한 명이 압도적으로 상대를 깔아뭉개는 게 아니다.

"그러니까 적당히 싸울 줄 아는 사람이 필요하거든."

일반인보다는 조금 더 잘 싸우지만 전문가만큼 싸울 줄은 몰라야 한다. 그리고 보안을 지켜야 한다.

　그런 상황에서 민간인을 밀어 넣을 수는 없는 노릇.

"그래서 나다?"

"어차피 얼굴은 분장으로 감출 수 있으니까."

"오, 재미있겠는데?"

계획을 전부 알게 된 오광훈은 히죽 웃으며 말했다.

"그런데 그놈들한테 어떻게 접근해?"

"일단은 돈을 빌려서 튀어야지."

"응?"

"사람 하나 섭외해 놨어. 돈이 좀 다급한 사람이야."

우선 그의 명의로 돈을 빌릴 것이다.

그리고 오광훈이 그를 대신한다.

"내가 도망간다고 잡을까?"

"그러면 더 문제가 되지."

"왜?"

"네가 도망가서 카드 같은 걸 쓸 거거든."

노형진의 말에 오광훈은 고개를 끄덕거렸다.

그 말은 누군가 내부에서 정보를 흘려 준다는 걸 의미한다.

"그놈도 잡을 생각이구나."

"그래."

피해자가 얼마나 생길지 모른다.

그러니 가능하면 빨리 투기장으로 가야 한다.

그들의 눈에 보이는 곳에 있으면 협박부터 할 게 뻔하다.

하지만 도망간다면?

아마도 투기장으로 바로 밀어 넣을 것이다.

"그러니까 일단 돈부터 빌려 봐."

호랑이를 잡기 위해서는 일단 호랑이를 꾀어내야 했다.

⚖️

"제가 돈을 좀 빌리고 싶은데요."

핸드폰을 든 오광훈은 평소라면 상상도 할 수 없는, 인간사의 모든 생고를 다 겪은 듯한 목소리를 쥐어짜 내며 말했다.

그는 현재 노형진과 함께 조용한 사무실에서 문제의 사채 회사를 찾아내기 위해 여러 회사에 전화를 돌리는 중이었다.

곧 수화기 너머에서 사무적인 목소리가 들렸다.

－고객님, 저희는 신용 등급과 상관없이 최대 1억까지 대출해 드립니다. 얼마나 해 드릴까요?

물론 이게 죄는 아니다.

그리고 저 말만 가지고 의심할 수는 없다.

"그게, 제가 계좌가 압류돼서요. 혹시 현금으로 받을 수 있을까요?"

만일 정상적인 업체라면 이 말에 당연히 거절해야 한다.

일단 계좌 이체가 기본이고, 현금으로 빌려주면 증명 문제도 복잡해지기 때문이다.

'거절하면 여기는 아니라는 건데.'

사망한 피해자와 똑같은 형태로 접근하는 건 그들이 진짜인지 가짜인지 확인하기 위해서였다.

ㅡ현금으로 하신다면 저희 쪽으로 와서 차용증을 쓰셔야 합니다, 고객님.

황당한 조건이었다.

하지만 그 조건을 받아들이는 모습에 노형진은 주먹을 꽉 쥐었다.

"그러면 어디로 가면 될까요? 지금 당장 가겠습니다."

무려 1억. 절대 작은 돈이 아님에도 불구하고 현금으로 주겠다는 말에 바로 움직이겠다고 하는 오광훈.

잠깐의 통화가 끝난 후에 분장사가 붙어서 오광훈의 얼굴을 바꾸기 시작했다.

"그런데 말이야."

"응?"

"왜 돈을 주고 투기장으로 밀어 넣는 거야? 그냥 납치해도 되잖아. 그놈들이 마음이 착해서 그러는 건 아닐 거 아니야?"

"마음이 착해서가 아니라, 증거를 남기지 않으려고 하는 거야."

"뭔 소리야?"

"추적을 당하지 않으려고 현금으로 주지만, 그렇다고 해서 추적에서 완전히 벗어날 수 있는 건 아니거든.”

당연하게도 그런 경우에는 어떻게 해서든 변명을 만들어야 한다.

“이런 경우에는 야반도주라는 완벽한 증거인멸 방법이 있잖아.”

“아!”

우리도 피해자다, 돈을 빌려줬는데 야반도주했다.

그렇게 말하면 경찰도 수사하기 힘들다.

“현금으로 주는 건?”

“현금으로 주는 건 불법이 아니니까. 상황이 안 좋아서 그렇게 줬다는데 뭐라고 하겠어?”

실제로 빚이 너무 많으면 야반도주가 상당히 자주 벌어지는 일이다 보니 대부분 살인이 아니라 가출로 처리되니까.

“머리 엄청 썼네.”

가출로 처리되면 유가족들이 아무리 찾아 달라고 부탁해도 경찰은 절대 수사하지 않는다.

피해자가 스스로 집을 떠난 것이기 때문이다.

“돈으로 알리바이를 사는 거지.”

그렇게 함으로써 자신들은 완벽하게 안전하게 벗어날 수 있다는 소리다.

“기똥차구만.”

“그렇지.”

혀를 끌끌 차는 오광훈.

그러는 사이에 분장이 완성되었고, 오광훈은 거울을 보면서 혀를 내둘렀다.

"우와, 완전히 다른 사람인데?"

오광훈은 자신의 얼굴을 이리저리 살펴보다가 웃었다.

"그러면 바로 출발해 보실까? 너는 안 따라올 거지?"

"외부에서 감시만 할 거야. 돈 빌리러 가는 놈이 우르르 몰려가면 아무래도 의심하겠지."

"허허, 참. 이거 새로운 경험이네."

오광훈은 피식 웃으면서 작은 몰래카메라를 달았다.

지금부터 공식적으로 수사하는 것이기에 모든 건 기록으로 남겨야 했다.

"그리고 이 사건은 쉽게 끝나지 않을 거다."

"응? 그게 무슨 소리야?"

"그건 나중에 가 보면 알아. 부담 주기 싫으니까 그냥 가라."

"부담은 이미 팍팍 주고 있거든."

오광훈은 피식 웃으면서도 자신 있게 움직였다.

"가즈아~."

⚖

돈을 받아 내는 과정은 어렵지 않았다.

오광훈은 돈을 받자마자 바로 그곳을 나왔다. 그리고 버스를 타고 노형진과 약속된 장소까지 왔다.

"여기까지는 왔어. 별문제도 없었고. 이제는 뭘 어쩌면 되나?"

"놀아야지."

"뭐?"

"최고급 룸살롱 예약해 놨다. 이제 신나게 놀아야지."

"진짜로?"

"진짜겠니? 자연이 부를까?"

"아, 씨발. 이야기가 왜 그렇게 나가는데? 나도 놀고 싶다!"

"미안하지만 안 된다. 지금 모든 기록이 남고 있는 대형 사건인 건 몰라?"

"아니, 내가 노는 거랑 이번 사건이랑 무슨 관계가 있는 건데?"

"내가 말했잖아, 저놈들이 가능하면 빨리 너를 잡아가게 해야 피해자를 줄일 수 있다고."

문제는 채권을 납입하지 않는 조건을 생각한다고 해도 최소한 한 달은 걸린다는 거다.

한 달 후에 이자가 들어오지 않는다는 걸 알고 나서야 움직일 테니까.

"그러니 저쪽에서 빠르게 움직일 수 있게 해야지."

"그러니까, 그거랑 내가 노는 게 무슨 관계가 있냐고."

"네가 1억을 빌렸지. 그걸로 다른 빚을 갚는 게 아니라 홍

청망청 놀고먹는다면, 저쪽에서는 어떻게 생각할까?"

"응?"

오광훈은 영문을 모르겠다는 표정이 되었다.

그리고 그 순간 문이 열리면서 차의 뒷좌석으로 한만우가 탔다.

"아마도 똥 밟았다고 생각하겠지."

"아, 회장님 오셨네."

"오 검사, 오랜만이군."

"그런데 똥 밟았다는 게 뭔 소리입니까?"

"자네가 자살할 거라고 생각할 거야."

"네? 그게 무슨 말이지요?"

"그런 경우가 종종 있다네."

더 이상 미래도 없고 희망도 없는 상태.

그래서 자살을 결심한다면, 그냥 자살하는 사람도 있지만 누군가는 사채를 잔뜩 당겨서 신나게 놀기 시작한다.

가장 대표적인 예가 바로 최고급 룸살롱 같은 것이다.

"자네가 그런 식으로 돈을 쓰면 저쪽에서는 자네가 자살할 거라고 생각하겠지."

"아하!"

그리고 그다음은 뻔하다. 저놈이 자살하기 전에 이용해 먹기로 하는 것이다.

"돈을 회수하려고 할 수도 있잖아."

"그게 불가능해. 작심하고 놀면 그 돈이 한 달이나 갈 것 같아?"

그리고 그 기간 동안 그들이 돈을 받아 낼 방법이 없다.

아무리 전화하고 찾아가도 안 주면 그만이다.

일단 오광훈의 주머니에 돈이 있는 이상 그걸 훔치는 건 절도다.

"심지어 채권이나 체불 임금이 있어도 돈을 빼 가는 건 절도라고."

당연히 그걸 받아 내기 위해서는 소송을 걸어야 하는데, 소송을 걸어도 재판하는 데에만 3개월을 걸리는 게 지금의 현실이다.

"그것보다는 차라리 너를 투기장으로 밀어 넣는 게 도움이 될 거라고 생각하겠지. 어차피 죽을 놈이니까."

"이해가 가네."

오광훈은 고개를 끄덕거렸다.

"그런데 내가 돈 쓰는 걸 어떻게 알아?"

"이미 사람이 붙었다네."

"네?"

한만우의 말에 오광훈은 깜짝 놀랐다.

설마 벌써 사람을 붙여서 감시할 거라고는 생각하지 못했으니까.

"그 말이 사실인가요?"

"내가 거짓말해서 뭐 하겠나? 이미 사람 붙은 거 다 확인했네."

"잠깐, 그러면 이 차를 타면 안 되었던 거 아니야?"

"걱정하지 마. 적당히 커트해 놨으니까."

사람이 붙을 거라 예상하고 있었으니 그들을 떨구는 것도 어려운 일은 아니었다.

"아마 이제 주소지로 찾아오겠지."

그리고 그 주소지에는 오광훈이 들어갈 것이다.

원래 명의자는 빚을 갚아 주는 조건으로 당분간 제주도에 가 있기로 했다.

사실 그 사람 입장에서는 행운이 하늘에서 떨어진 셈이다.

빚도 갚아 주고, 최소 한 달 이상 제주도에서 마음 편하게 쉴 수 있으니까.

"그리고 넌 이제 그놈들을 끌고 다니면서 신나게 노는 척만 하면 되는 거야. 그걸 도와주실 게 여기 한 회장님이고."

가지고 있는 최고급 룸살롱이 몇 개나 되니 그런 곳에 출입하게 해 주는 건 어려운 일이 아니었다.

"원하면 아가씨라도 붙여서 보내 줄 수 있네만."

"그건 자제하시죠. 민간인은 가능하면 이번 사건에 연관시키면 안 됩니다."

"하긴, 미친놈들이라면 뭔 짓을 할지 모르니."

오광훈, 아니 오광훈이 연기하고 있는 채무자와 여자가 친밀하다고 생각하면 납치하거나 할 수도 있는 일.

그러니 그런 건 피해야 한다.

"하지만 일단 룸살롱 안에 들어가면 그놈들이라고 해도 따라 들어갈 수 없으니까."

설사 따라 들어간다고 해도 방에까지 쫓아 들어갈 방법은 없다.

다른 사람도 아닌 한만우가 운영하는 가게에서 난동을 피우지도 못할 테고.

"자, 그러면 떡밥을 한번 던져 볼까? 후후후."

"뭐, 레드클라우드에 갔다고?"

"네. 그놈이 거기에 들어가는 게 확인되었습니다."

"이런 젠장."

사채 회사 황금금융의 사장인 마중삭은 그만 똥 밟은 얼굴이 되고 말았다.

"그 새끼, 채권이 얼마라고 했지?"

"지금 저희가 확인한 게, 우리 빼고 2억입니다."

"우리 빼고 2억이라고? 미친 새끼. 이거 끝장 보자는 거네."

"자살을 생각하시는 겁니까?"

"당연한 거 아냐? 그 새끼가 한 달에 버는 돈이 200만 원이라면서?"

월 200만 원을 버는데 갚아야 하는 돈이 2억이다.

사실상 생활 자체가 불가능하다.

거기다 자신들에게 추가로 빌린 돈이 1억이다.

"이 새끼, 자살하기 직전에 질펀하게 놀려고 하는 게 분명해!"

레드클라우드는 비싸기로 소문난 곳이다.

제대로 놀기 위해서는 하루에 천만 원은 있어야 하는 곳.

그런 곳을, 돈을 빌리자마자 놀러 갔다?

"이런 미친 새끼가 작정했네."

1억을 빌리고 하루에 천만 원이 드는 술집을 간다?

상식적으로 말이 안 된다. 못해도 열흘이면 그 돈 다 쓴다.

물론 계속 거기에 간다는 보장은 없지만, 이런 행동을 보인다면 사실 답은 나와 있는 거다.

"어쩌지요?"

"어쩌긴! 찾아와야지. 아니, 잡아 와야지."

"바로 돌리시려고요?"

부하의 질문에 마중삭은 당연하다는 듯 부하를 노려보며 소리쳤다.

"야, 이 새끼야! 그러면, 재수 없으면 열흘 후면 뒈질 새끼를 '아이구, 잘한다.' 하면서 그냥 둬?"

"아…… 아닙니다."

"꼴을 보아하니 그거 이자는커녕 본전도 못 건질 것 같은데."

그게 가능했다면 이런 식으로 돈을 쓰면서 끝장을 보려고
는 하지 않을 것이다.

"일단 돈은 어디에 있는 것 같아?"

"집에다 두고 나온 것 같습니다. 집에 들어갔다가 나왔으
니까요."

"그래?"

마중삭은 마음을 굳혔다.

자신을 속이고 돈을 까먹게 하는 놈을 봐줄 생각 따위는
조금도 없었다.

"그 새끼 당장 잡아 와."

"네? 지금 바로요?"

"어차피 뒈지려고 하는 새끼인데 가만둘 필요가 있겠어?
잡아 오고, 나중에 집 털어서 돈 꺼내 와. 경찰에서는 그 돈
들고 야반도주한 줄 알 테니까."

"알겠습니다, 형님."

"그리고 지난번처럼 실수하지 마."

"그게…… 가는 중에 뒈질 줄 누가 알았습니까?"

"씨발, 그냥 다 죽일 수도 없고."

"안 됩니까?"

"얀마, 그랬다가 실종자들이 죄다 우리와 관련되어 있다
고 의심받기라도 하면? 그때는 좆 되는 거야."

적당히 사라지는 거야 야반도주로 포장할 수 있겠지만, 한도를 넘어가면 결국 의심을 피할 수 없다.

"적당히 해야지. 다음부터는 혹시 모르니까 한 사나흘쯤 가둬 두다가 꼴을 보고 풀어 줘."

"알겠습니다, 형님."

부하는 고개를 끄덕거리면서 나갔고, 마중삭은 자신을 속인 괘씸한 채권자를 어떻게 괴롭혀 줄까 고민하기 시작했다.

⚖

노형진의 예상대로 황금금융의 조직원들은 빠르게 오광훈을 추적했다.

물론 오광훈은 그냥 잡혀가지 않았다.

뻐억!

"어억, 내 코!"

코를 부여잡고 바닥에 주저앉는 남자.

그리고 접근하지 못하는 다른 사람들.

"이 새끼들아! 덤벼! 못 덤벼?"

"씨팔."

폭력배라고 해서 다 싸움을 잘하는 건 아니다.

폭력배들이 무서운 건, 싸움을 잘해서가 아니라 몰려다니면서 온갖 짓을 다 하기 때문이다.

물론 일반인보다 싸움을 잘하는 것은 사실이지만 그건 어디까지나 상대적인 것이다.

전생에는 그래도 주먹 하나로 조직을 세운 오광훈이었고, 더군다나 다시 살아난 후에는 검사로서 유도같이 자신을 지킬 만한 기술을 배우기 위해 노력했다.

"뭐 해! 저 새끼 조져!"

대장으로 보이는 놈이 소리를 질렀지만 부하들은 섣불리 덤비지 못했다.

"그 꼴을 가지고 조폭이라고 건들거리고 다닌 거야? 거기 달린 거 떼라. 계집애도 아니고."

오광훈이 킬킬거리면서 도발하자 다들 화가 나는 표정이었지만 그렇다고 해서 섣불리 덤비지는 못했다.

이미 바닥에 세 사람이 데굴데굴 구르고 있었기 때문이다.

"이런 개 같은 새끼야! 그러니까 빚을 제대로 갚아야지!"

"지랄! 나 돈 빌린 지 사흘밖에 안 되었거든!"

"웃기는 소리 하지 마, 이 새끼야! 뒈지려고 돈 쓰는 거 누가 모를 것 같아?"

오광훈은 입을 다물었다.

상대방이 노형진의 예상 그대로 행동했기 때문이다.

그리고 상대방이 그렇게 나온 경우, 긍정하는 모습을 보이라고 했기 때문이다.

"이 새끼 진짜였네."

"내 돈 내 마음대로 쓴다는데 네가 어쩔 건데?"

"어째서 그 돈이 네놈 돈이야!"

"내 손에 들어왔으니 내 돈이지."

"지랄."

'퉤!' 하고 침을 뱉으면서 대장은 오광훈을 노려보았다.

"그래도 주먹 쓰는 걸 보니 좀 쓸 만하겠는데?"

"뭐? 너희 조직원으로라도 들어오라는 거야? 뭐, 내 빚 다 갚아 주면 생각 좀 해 보지."

"웃기네. 요즘이 무슨 쌍팔년도인 줄 아나? 주먹 하나로 조직을 평정한다는 게 무슨 개소리야, 이 새끼야."

"알아. 아주 잘 알지."

오광훈은 시큰둥하게 대꾸했지만, 대장은 묘하게 기분 좋은 낯으로 그를 바라보았다.

"그냥, 이번에는 좀 오래 써먹을 수 있을 것 같아서."

"뭐?"

"너 같은 새끼 한두 번 보는 것도 아니고."

오광훈이 의외로 강한데도 불구하고 여전히 싱글거리는 대장. 도리어 눈에는 탐욕이 서렸다.

"잡아."

"네, 형님."

"너희 따위는 단체로 덤벼도 날 못 이겨! 죄다 한주먹…… 끄아아악!"

그다음 순간 오광훈은 얼굴을 부여잡고 바닥을 데굴데굴 굴렀다.

얼굴이 화끈거리고 눈이 아파서 뜨지도 못할 정도였다.

"지금 21세기야, 이 새끼야."

기습적으로 품에서 가스총을 꺼내어 쏜 대장은 히죽거리면서 말했다.

그리고 오광훈은 순식간에 그들에게 두들겨 맞기 시작했다.

"아악!"

"야, 야. 상품 적당히 때려라. 골병들면 안 된다."

"네, 형님."

"가서 차 가지고 와. 적당히 야반도주한다고 편지 한 장 써 두고."

눈 깜짝할 사이에 바닥에 뻗어 버린 오광훈은 무력하게 질질 끌려갔다.

바깥에 미리 대기하고 있던 차량이 다가와 순식간에 오광훈을 싣고 멀어졌다.

그러나 그들은 좀 떨어진 곳에서 자신들을 지켜보는 시선이 있다는 걸 모르고 있었다.

⚖️

"아야야야."

오광훈은 일어나서 온몸을 확인했다.

그리고 한숨을 푹 쉬었다.

"쌍놈의 새끼들. 골고루도 팼네."

그나마 다행인 것은 그들 말마따나 상품이라고 생각해서인지 크게 다치진 않았다는 거다.

"주머니에 있는 건 다 털어 갔네."

혹시나 해서 주머니를 뒤적거렸지만 남은 게 없었다.

물론 오광훈은 애초에 주머니에 가짜 신분증과 비어 있는 지갑 말고는 아무것도 두지 않았지만.

"후우?"

고개를 두리번거리니 작은 방이다.

입구에 가서 문을 흔들어 봤지만 꿈쩍도 하지 않았다.

아무래도 추가로 보안장치를 한 모양이었다.

"어디 보자, 외부로 나가는 길은 당연히 없을 테고."

천장을 보니 아무것도 없다.

오광훈은 조용히 침묵을 지키며 주변에서 사람 소리가 들리는지 확인했다.

그리고 아무도 없다는 사실을 확인하고는 구두를 벗었다.

그가 구두 뒷굽을 당기자 거기에서는 작은 무전기가 나왔다.

"아아, 여보세요? 들리냐?"

─들린다.

낮은 목소리로 물어보자 들려오는 노형진의 목소리.

"여기 어디야?"

—팔당호 근처다. 폐건물이야. 건물을 소유했던 회사는 이미 파산한 상태고. 그곳을 무단 점거하고 개조한 모양이야.

회사는 파산하고 건물은 올리다 말았다.

그곳을 무단 점거하고 있다고 한들 누가 뭐라고 하겠는가?

—주변에 아무도 없어?

"없는 것 같네. 조용해."

애초에 끌려오기 위해 노력했던 만큼 오광훈은 겁먹거나 하지 않았다.

어차피 외부에는 충분한 인원이 여기를 지키고 있을 테니까.

—문제 생기는 것 같으면 바로 밀고 들어갈 테니 걱정 마.

"여기 숫자가 얼마나 되는데?"

—한 스무 명쯤 되는 것 같아.

"얼마 안 되네."

그 정도면 소형 조직이다.

물론 힘이 약하지만, 그만큼 작기에 경찰의 시선도 피하고 또 잃을 게 없기에 막 나가기도 훨씬 쉽다.

"바로 싸움터에 밀어 넣을까?"

—그건 아닐 거다. 협박이든 협상이든 해서 싸우게 만들겠지.

물론 그냥 밀어 넣을 수도 있다.

하지만 그런다고 해서 피 터지는 싸움을 할까?

그럴 리가 없다.

뭐가 됐든 떡밥을 줘야 한다. 그래야 피 터지게 싸울 테니까.

"일단은 그쪽 장단에 놀아나야 한다는 거지?"

―그래. 그리고 구두는 계속 신고 다녀. 그쪽에서 나오는 말은 계속 녹음해서 이쪽으로 보낼 테니까.

"그 말을 몇 번이나 하는 거야? 걱정하지 마. 내가…… 이크, 누구 온다."

조용히 말하던 오광훈은 재빨리 이어폰과 작은 무전기를 구두 뒷굽에 집어넣었다. 그리고 아슬아슬하게 문이 열리면서 누군가 모습을 드러냈다.

"이게 누구야? 우리의 용감하신 채무자 아니신가?"

마중삭은 오광훈을 보고 히죽 웃었고, 오광훈은 그런 그를 보면서 이를 갈았다.

"왜? 내 내장이라도 빼내려고? 뭐, 그 정도면 비싸게 팔 수 있겠네."

"뭐, 그러고 싶은데 한국에서 장기 밀매는 불법이라서 말이지."

"지랄, 납치 감금은 뭐 합법이냐?"

"단속의 강도가 다르달까?"

중국에서 한국 노숙자를 비롯한 수천 명을 장기 밀매를 목적으로 죽였다는 사실이 드러나면서 한국은 장기 밀매에 관해서는 눈이 뒤집어졌다.

심지어 그 당시 장기의 특성상 국내에서 벌어진 게 사실이었고 그렇게 밀매한 장기를 구입한 사람들에 대한 처벌이 강력하게 이루어져서 이제는 판로를 구하는 것도 쉽지 않았다.

"간단하게 거래 하나 하지."

"거래? 무슨 거래?"

"우리 아래서 주먹질 좀 하지?"

"지랄! 부하 새끼가 말 안 하디? 빚 갚아 주면 생각해 본다니까. 아! 하나 더. 나 데리고 온 그 새끼, 내 부하로 배치시켜 줘. 조져 버릴 테니까."

뒤에 있던 남자가 눈을 찡그렸지만 마중삭은 즐거운 표정이었다.

"그래. 그 정도 깡은 있어야지, 후후후. 하지만 유감스럽게도 뭐, 그럴 수는 없고. 그냥 투기장에서 좀 싸우면 되는 거야. 승리 한 번에 2천만 원 까 주지."

"뭔 개소리야?"

"농담이 아니라 진짜야. 너는 투기장에서 싸우면 되는 거야. 거기서 이기면 2천만 원 까 줄게. 일종의 파이트머니라고 생각하면 되는 거야."

"파이트머니?"

"그래, 우리 투기장에서 싸우면 파이트머니 준다니까. 무려 2천만 원."

"으음……."

오광훈은 고민하는 눈치가 되었다.

무려 2천만 원. 빚으로 쪼들리는 사람들이 과연 이 말을 듣고도 흔들리지 않을 수 있을까?

"그리고 빚을 다 탕감하면 풀어 줄게."

"그러면 다섯 번 싸우는 거네?"

"그렇지. 네가 원하면 더 싸울 수도 있어."

"더 싸울 수도 있다고?"

"너 우리한테 진 거 말고도 빚이 2억이나 더 있다면서? 한 번당 2천만 원. 그게 벌기 쉬운 돈은 아니잖아?"

마중삭의 말에 오광훈은 게슴츠레한 눈을 하고 그를 바라보았다.

"그럴 거면 권투를 보든가?"

"에이, 그런 애들 장난은 안 하지."

"그러면?"

"투기장이라니까. 무제한 무규칙 싸움이라고. 우리 손님들은 그런 걸 좋아하거든."

"규칙이 없다?"

"그래, 다들 빚을 갚기 위해 오는 거지. 물론 거절한다면 어쩔 수 없어. 내장이라도 팔아서 빚을 감당하는 수밖에."

얼씨구?

좋게 표현하면 설득이지만 사실상 선택지는 없다.

참가하지 않으면 장기를 팔겠다는데 누가 참가를 거부할

수 있겠는가?

"좋아. 까짓것 참가하지. 질 것 같지도 않고."

"자신이 있나 봐?"

"이래 보여도 학교 시절에 유도부 주장까지 했던 몸이야."

물론 거짓말이다.

하지만 그래도 상대방은 그걸 모른다.

돈을 빌려줄 때 학창 시절까지 조사하지는 않으니까.

"좋아, 그런 마인드가 필요하다고. 그러면 각서 쓰고."

미리 준비한 각서까지 내미는 마중삭.

오광훈은 거기에 지장을 찍었다.

"그래서 언제 시작인데?"

"안 그래도 이틀 후에 시합이 있거든. 기대하도록 하지."

마중삭이 나간 후에 오광훈은 바닥에 드러누웠다.

"들었지? 이틀 후란다."

대답하는 사람은 없었지만 오광훈은 천장을 보면서 말했다.

"그나저나 어디서 할지는 모르겠지만 이번에 깡그리 다 죽여 버렸으면 좋겠네."

오광훈은 진심이었다.

⚖

이틀 후 오광훈은 안대를 뒤집어쓰고 다시 한번 봉고에 올라탔다. 그리고 한참을 움직여서 어디론가 향했다.

마침내 도착한 곳에서 안대를 벗자 보인 장면은 임시로 만든 링 안이었다.

사실 제대로 된 링도 아니었다.

쇠로 된 기둥을 박아 두고 거기에 가시철조망을 쳐서 도망갈 길을 막아 둔 곳.

입구는 오로지 하나뿐이었고, 그곳에 들어가고 나서야 안대를 벗을 수 있었다.

"아, 씨발."

오광훈은 눈을 찌푸렸다.

강렬한 라이트가 링 안쪽을 환하게 비추고 있었다.

그 너머는 어둠에 잠겨 있었지만, 사람들의 실루엣이나 움직임은 보였다.

"이거 지랄 같네."

아무래도 손님으로 온 사람들의 신상을 보호하기 위해 이렇게 만들어 둔 것 같았다.

이렇게 해 두면 바깥쪽이 보이지 않으니까.

─청 코너. 전직 유도 선수! 승리를 자신하는 깡다구의 화신, 배학재!

배학재. 오광훈이 연기하고 있는 가짜 신분이었다.

오광훈은 호응하지 않았다.

어차피 끌려온 처지이기도 하고, 진짜 시합도 아닌데 굳이 호응할 필요가 없었다.

-홍 코너! 이번 시즌의 진짜 홍일점, 이소린!

"뭐?"

홍일점이라는 말에 오광훈은 어이가 없어서 맞은편을 바라보았다.

그때 안으로 들어오는 한 사람.

그러자 사람들이 사방에서 환호했다.

"오오! 죽이네!"

"끝내준다!"

물론 오광훈은 어이가 없었다.

"미친!"

여자였다.

그것도 아무리 잘 봐 줘 봐야 대학생이나 될까 말까 한 어린 여학생.

"미친! 야, 이 새끼들아! 이건 아니지!"

오광훈은 어이가 없어서 주변을 향해 소리를 질렀다.

"여자잖아!"

"그래서 머?"

"야, 이 병신아! 여기 무제한급이라고! 캬캬캬!"

"아니, 미친…….."

오광훈은 당황해서 서 있었고, 여자는 겁에 질려서 벌벌 떨고 있었다.

싸움은커녕 제대로 도망이나 다닐 수 있을는지 알 수 없을 정도로 패닉에 빠진 얼굴이었다.

–여기서는 조건도 없고 규칙도 없습니다. 오로지 승자와 패자뿐!

무제한 규칙이라고 듣기는 했지만 설마 남자와 여자를 싸움 붙일 줄은 몰랐기에 오광훈은 말이 안 나왔다.

더군다나 자신은 유도까지 했다고 이미 이야기해 줬다.

그것만으로도 싸움에서 우위를 차지하게 된다.

그런데 상대방이 여자? 그것도 학생?

"이것들이 미쳤나?"

오광훈은 눈을 찡그렸지만 당장 달려들지는 않았다.

어차피 지금은 자신이 갇혀 있는 상황이니까.

–만일 시합을 거부하면 빚이 두 배로 늘어납니다.

"뭐? 그런 말 없었잖아!"

–여긴 규칙 같은 거 없다니까. 이 새끼야! 으하하하!

사전에 없던 말이다.

그럼에도 당연하다는 듯 말하는 아나운서의 태도에 오광훈은 이를 빠드득 갈았다.

"오냐, 내가 여기서 나가면 다 뒈졌어."

–제발 그래 보든가! 그래도 나름 밸런스는 맞춰 줘야겠지? 기대하시라! 짜잔.

동시에 어둠 속에서 날아와서 여자의 눈앞에 떨어지는 기다란 회칼.

"이런 미친!"

이래서는 장난으로 봐 줄 수도 없게 된다.

아무리 어린 여자라고 해도, 저 칼로 찌르면 자신도 죽는다.

─이 정도면 밸런스 패치는 다 된 것 같고. 이년아, 그거 안 잡으면 네가 죽어! 으하하하.

벌벌 떠는 손으로 회칼을 잡고 들이미는 이소린.

"얼씨구?"

자세를 보아하니 칼 한번 잡아 보지 못한 티가 난다.

양손으로 칼을 잡고 엉덩이를 뒤로 쭉 빼는데, 그를 쳐다보는 눈이 눈물로 번들거린다.

─시합 시작! 과연 승리의 영광은 누구에 갈 것인가.

오광훈은 시합 시작이라는 말에 어떻게 해야 하나 고민했다.

"오지 마!"

이소린은 절망적으로 소리를 질렀다.

어떻게 해서든 도망가기 위해 코너로 갔지만, 이미 가시철조망으로 둘러싸인 투기장에서 도망갈 공간 같은 건 없었다.

"아…… 이러면 진짜 짜증 나는데."

오광훈은 머리를 북북 긁었다.

칼이 무서워서?

아니다. 인간의 선을 넘어 버린 저 어둠 속의 인간들에게 화가 나서였다.

"일단 쉽게 가자, 꼬맹아."

"제…… 제발 오지 마세요…… 제발."

칼을 앞으로 내밀며 어설픈 협박을 하는 이소린.

하지만 오광훈은 그녀의 행동보다 훨씬 빨랐다.

파팍!

순식간에 튀어 나간 오광훈.

그는 이소린의 정면으로 달려들었다.

그걸 본 이소린은 자신도 모르게 눈을 질끈 감으면서 칼을 앞으로 쭈욱 내밀었다.

찔러 보겠다는 반사적 행동이었지만, 그녀가 눈을 감은 상황에서 이미 싸움은 끝난 것이었다.

오광훈은 그대로 쭈욱 미끄러지면서 발로 그녀의 다리를 휘감았다.

"꺄아악!"

깜짝 놀라서 칼을 놓치면서 쓰러지는 이소린.

오광훈은 그 비명이 채 끝나기도 전에 몸을 일으켜 이소린의 뒤로 가서 목을 꽉 쥐었다.

"끄윽!"

목이 조여 오기 시작하자 겁에 질려서 어떻게 해서든 팔을 풀기 위해 아등바등하는 이소린.

공포에 휩싸여 손톱으로 오광훈의 팔을 박박 긁었지만, 이내 눈을 뒤집더니 그대로 축 늘어졌다.

"미안하지만 오늘은 이 정도까지."

오광훈은 그녀를 조심스럽게 바닥에 내려놨다.

죽은 게 아니라 기절한 것이다.

경동맥을 적당히 조이면 사람을 기절시킬 수 있고, 유도 훈련을 받은 오광훈은 그 적절한 타이밍을 알고 있었다.

무제한인 만큼 그녀가 항복한다고 해서 싸움이 끝나는 게 아닐 거라 생각해서였다.

그녀가 싸울 수 없게 되어야 싸움이 끝날 테니까.

-오, 배학재 선수! 최단 시간 승리를 이끌어 냈습니다. 시합 시작 1분 만에 승리. 역사상 최단 시간 승리입니다.

"우와!"

"멋지다!"

사방에서 울리는 목소리.

그 숫자가 아무리 적어도 백 명은 되어 보였다.

"이런 미친 새끼들."

바닥에 누워 있는 이소린을 보면서 오광훈은 눈을 찡그렸다.

'그냥 확 쓸어버리라고 할까?'

막 그런 생각을 하는 그때, 갑자기 분위기가 반전되었다.

-즐거운 쇼 타임.

"쇼 타임?"

그게 무슨 뜻인지 몰라 오광훈은 어리둥절했지만, 다음 순간 주변에서 외치는 말에 분노로 얼굴이 벌게졌다.

"강간해! 강간해!"

"덮쳐!"

"역시 라이브지!"

"야, 누가 물 좀 뿌려라! 정신 차리고 강간당하는 거 알아야 볼만하지!"

"이런 미친 새끼들!"

오광훈은 왜 첫 시합에서 자신에게 여자를 붙인 건지 알 수 있었다.

말 그대로 '쇼'였다.

자신이 그녀를 꺾는 거야 당연한 거였고, 그들이 진짜로 원한 건 오광훈의 승리가 아니라 오광훈이 그녀를 강간하는 것이었다.

"야, 이 미친 새끼들아! 너희들이 그러고도 인간이냐!"

오광훈은 어둠 속을 향해 가운뎃손가락을 세웠다.

"지랄하지 마, 이 새끼들아! 이 애에게 손대면 너희들 모조리 나한테 죽는다. 알았냐?"

자신이 여기서 손을 대지 않는다고 해도 저 밖에 있는 놈들은 믿을 수가 없다. 그랬기에 오광훈은 그들에게 경고했다.

하지만 그마저도 그들의 머릿속에 있었던 걸까?

ㅡ자, 오늘도 역시 정의의 사도께서 나오셨습니다. 그렇다면 오늘의 정의의 사도는 얼마나 갈까요?

"뭐?"

마치 그럴 줄 알았다는 듯 심드렁한 아나운서의 목소리.

그리고 문이 열리고 사람들이 들어왔다.

"이런 씨발."

확실히 오광훈과 비교하면 싸울 수 없는 것으로 보이는 사람들.

그러나 오광훈은 바짝 긴장할 수밖에 없었다.

무려 다섯 명.

그리고 그들의 손에 들린 것은 쇠파이프와 각목, 대형 렌치 등 흉측한 무기들이었다.

ㅡ정의가 세상을 바로잡는다. 이 얼마나 우스운 개소리인가요! 지난 게임의 생존자들입니다. 자, 오늘 과연 정의가 승리할까요, 아니면 우리가 눈요기를 하게 될까요?

아나운서의 빈정거림으로 가득한 말.

하지만 오광훈은 더 이상 화도 내지 못했다. 아예 그럴 상황이 되지 않았다.

'좆 돼 버렸다.'

눈앞에 들어온 남자들.

그들은 오광훈과 같이 끌려온 자들일 것이다.

하지만 그럼에도 불구하고 얼굴에는 탐욕이 가득했다.

그들의 눈빛을 보면서 오광훈은 확실하게 알 수 있었다.

'이 새끼들, 사람 죽여 본 놈들이야.'

처음이 어렵지 두 번째는 쉽다고 했다.

그리고 지금 들어온 놈들의 눈에는 주저함이 없었다.

더군다나 아나운서라는 새끼는 분명 지난 시합의 생존자

라고 했다.

그 말은, 이자들에게 패배한 사람들은 죽었다는 소리다.

"죽여라! 죽여라!"

"남자는 죽이고 계집애는 돌려 먹어!"

광기에 찬 목소리들이 주변에 울려 퍼지고, 다섯 명은 둥글게 오광훈을 에워쌌다.

"이런 미친 새끼들! 너희들 진심이냐? 사람을 죽이겠다고?"

"어차피 막장이야."

"이렇게 망하나 저렇게 망하나."

눈깔이 뒤집어진 자들.

"우리도 어쩔 수 없다고!"

"일단 살아야 할 거 아냐!"

변명 아닌 변명을 하는 자들.

하지만 공통점은, 오광훈을 가만둘 생각은 없어 보인다는 것이었다.

"너도 우리랑 같이 이쪽에 서라고. 그러면 살려 줄게."

"딱 한 번만 눈감으면 편해져."

악마처럼 속삭이는 놈들.

하지만 오광훈은 절대 그럴 수가 없었다.

이미 한 번 죽었던 그다.

어떻게 다시 살아났는지 모르지만, 그 자체만으로도 내세를 생각해 볼 만한 일이다.

그래서 이번 생은 바르게 살려고 노력했다.

"지랄."

오광훈은 자세를 바로잡았다.

"죽여라!"

"죽여!"

"대가리를 깨 버려!"

광기에 휩싸인 관중이 소리를 질러 댔고, 그 틈을 타서 한 명이 먼저 달려들었다.

"뒈져!"

그러나 오광훈은 먼저 대응 준비를 하고 있었기 때문에 그런 그의 팔을 그대로 잡아서 꺾어 버렸다.

"끄어억!"

기괴하게 비틀린 팔.

그리고 오광훈은 그대로 발길질을 해, 남자를 바닥에 쓰러트린 뒤 재차 차 버렸다.

-오, 한 명이 병신이 되었네요. 저 사람은 다음 시합에서 살아남을 수 있을까요?

"다음 시합까지 기다릴 필요 있나? 대가리 빠개 버려! 그러면 내가 1억 쏜다!"

누군가의 외침.

그 순간, 옆에 있던 남자가 갑자기 들고 있던 렌치를 쓰러진 남자의 머리에 휘둘렀다.

퍽.

수박 터지는 소리가 들리더니 쓰러진 남자의 머리에서 시뻘건 피가 흘러나오기 시작했다.

"어……?"

갑작스러운 상황에 오광훈은 얼어붙었다.

"1억이다! 자유다. 난 자유야!"

고래고래 소리를 지르는 남자.

보아하니 그 돈을 갚으면 풀려나는 조건이었던 모양이다.

─물론 여기서 살아 나갔을 때의 이야기죠. 자, 재주껏 죽여 보세요!

결국 어떻게 해서든 오광훈을 죽이라는 거다.

그리고 그 말이 끝나기 무섭게 네 사람이 오광훈에게 달려들었다.

"이런 닝기미!"

오광훈은 그대로 무기를 휘두르면서 싸우기 시작했다.

하지만 애초에 싸움이 될 수가 없었다.

저쪽은 네 명, 이쪽은 한 명.

물론 이쪽도 무기가 있지만 그건 저쪽도 마찬가지.

퍼억!

쇠파이프를 각목으로 막고 발길질을 해서 그놈을 떨쳐 내는 순간 등 쪽으로 무언가 날아왔다.

컥!

대형 렌치에 맞은 오광훈은 앞으로 고꾸라질 뻔했지만 간신히 각목을 휘둘러서 뒤쪽에 있던 놈의 팔을 후려쳤다.

"끄아악!"

각목에 맞은 놈은 그대로 뒤로 나자빠졌지만 렌치는 놓치지 않았다.

잘못하면 본인이 그랬던 것처럼 그 자신도 죽을 수 있기 때문이다.

"좀 뒈지라고!"

그러는 사이에 다른 놈이 뛰어들었다.

그런데 그의 손에는 처음에 들고 왔던 체인 대신에 서슬 퍼런 회칼이 들려 있었다.

아마도 떨어진 걸 주운 모양이었다.

"이런 씨팔."

오광훈은 다급하게 그걸 피했다.

날카로운 칼날이 오광훈의 옷을 찢고 배 쪽에 아슬아슬하게 상처를 남겼다.

"그만둬, 이 새끼들아!"

오광훈은 뒤로 물러나면서 외쳤다.

"뭘 그만둬! 어차피 우리도 막장이야!"

하지만 이미 눈이 돌아간 네 사람은 더 이상 물러날 생각을 하지 않았다.

그리고 결국 한 명의 공격이 정확하게 오광훈의 어깨로 날아들었다.

"크악!"

오광훈은 각목을 놓치면서 그대로 주춤주춤 뒤로 물러났다.

그 순간 옆에서 다른 놈이 날아 차기를 하면서 오광훈은 그대로 바닥을 나뒹굴었다.

"죽여라! 죽여라!"

"야, 그냥 죽이지 말고 강간당하는 꼴을 보게 하고 죽여라!"

"저년 물 좀 뿌려서 깨워! 물 뿌려! 난 계집애가 울고불고 몸부림치는 게 제일 좋더라! 하하하!"

주저앉아 있던 오광훈은 입술에서 흐르는 피를 닦으면서 이를 빠드득 갈았다.

"씨발, 더 이상은 못 참겠다. 이 새끼들 죽여 버려. 언제까지 참아야 하는데? 야, 저 새끼들 안 잡아?"

"하하하, 뭔 개소리야?"

"지랄한다. 어차피 넌 여기서 못 살아 나가."

"정의감 넘치는 새끼들이 살아 나가면 곤란하거든."

정의감 넘치거나 마음이 약한 사람들은 살려 보낼 수가 없는 게 이 투기장의 상황이었다.

밖에서 입을 나불거리기라도 하면 여러 명이 다칠 테니까.

그 순간이었다.

"꼼짝 마! 움직이면 쏜다!"

갑자기 어둠 속이 시끄러워지기 시작했다.

"이런 씨발! 도망쳐!"

"막아!"

"망했다!"

탕! 탕! 탕!

그리고 어둠 속에서 터지는 총소리.

"움직이지 말라고 했다!"

"이미 너희들 차량은 압수당했어! 이 새끼들아!"

"야! 내가 누군지 알아!"

"알 필요 없지!"

"우리 아빠가 누군지 알아! 전화 한 통이면 너희 다 뒈져!"

"지랄하네!"

어둠 속에서 난리가 난 상황.

그러자 오광훈은 가만히 서서 투기장에 남은 네 사람을 조용히 노려보았다.

갑작스러운 상황과 그 시선에, 남은 네 사람은 어쩔 줄 모르는 표정으로 더듬더듬 변명했다.

"아니야……. 난 어쩔 수 없이."

"내가 사람을 죽이고 싶었던 게 아니야."

하지만 그걸 들어 줄 사람은 없었다.

"아악!"

"살려 줘!"

어둠 속에서는 몇 번의 비명 소리와 고함 소리가 들리더니 갑자기 링 안을 비추고 있던 등이 꺼졌다.

갑자기 찾아온 어둠에 눈이 익숙해지지 않아, 오광훈은 주위를 두리번거렸다.

그때 문 쪽에서 몇몇 사람들의 발소리가 들렸다.

"누구냐!"

"저예요."

"홍보석 검사?"

"외부에 있던 인원들은 모두 잡혔어요."

대화를 나누며 상황을 파악하던 오광훈은 슬슬 눈이 어둠에 익숙해지는 것을 느끼고 한곳을 바라보았다.

홍보석이 다른 수사관들과 함께 링 안으로 들어오고 있었다.

"손들어!"

수사관들이 권총을 들이밀자 남은 네 사람은 허망한 표정으로 무기를 내려놨다.

"검사라고?"

"검사가 왜……."

하지만 누구도 그 대답은 해 주지 않았다.

그 대신에 그들에게 수갑을 채워서 바깥으로 끌고 나갔다.

"후우."

오광훈은 그대로 바닥에 드러누워서 입술의 피를 닦았다.

안으로 들어온 구급대원들이 기절한 이소린을 데리고 나갔고, 누워서 천장을 바라보는 오광훈에게 노형진이 얼굴을 빼꼼 들이밀었다.

"씹째끼야, 좀 빨리 좀 하지."

"인원이 충분하지 않았어. 포위망을 완성하는 데 좀 걸렸다."

서둘러서 포위한다고 하긴 했지만 생각보다 투기장 내부
에 인원이 많았기에 시간이 지체되는 것은 어쩔 수 없는 일
이었다.

"씨발, 아파 뒈지겠네. 어깨 부러진 거 아냐? 등짝도 쑤시고."

"렌치로 맞았으니 금 간 건 각오해야지."

"염병, 도대체 얼마나 되는데?"

"손님 수는 대략 백쉰 명쯤 되고, 조직원은 한 서른 명쯤?
우리가 모르던 놈들도 있었던 모양이야. 일단 병원 가자. 들
것 불러 줘?"

"나 아직 안 뒈졌다."

오광훈은 힘겹게 몸을 일으켜서 링 바깥으로 나왔다.

경찰들이 수많은 사람들에게 수갑을 채워 둔 것이 보였다.
수갑이 부족해서 일부는 케이블 타이로 묶이기도 했다.

"제발 풀어 줘. 이거 풀어 주면 내가 1억, 아니 2억 줄게.
제발 모른 척해 줘."

"살려 주세요. 저 여기 오늘 처음 왔어요. 이런 곳인 줄 몰
랐어요."

자신이 좆 됐음을 알았는지 싹싹 비는 놈들부터.

"야, 내가 누군지 알아?"

"아빠가 네놈들 다 죽일 거야!"

"내가 누군지 알고 손을 대! 이 버러지 같은 새끼들이, 손 안 떼?"

아직도 정신 못 차리고 고래고래 소리치는 놈들까지.

오광훈은 그 안에서 마중삭을 발견하고는 천천히 다가갔다.

"너 이 새끼."

수갑이 채워진 채 바닥에 무릎이 꿇려 있는 마중삭.

"함정이었냐!"

"응, 함정. 그리고 난 검사."

힘겹게 서 있던 오광훈은 씨익 웃더니, 앉아 있던 마중삭의 얼굴을 그대로 발로 까 버렸다.

"어휴, 속 시원하네. 그런데 끄응…… 발 아프다……. 이것도 산재 될까?"

"안 됩니다."

"아니 홍 검사, 그렇게 단호하게 말할 건 없잖아."

"안 됩니다. 업무 중 부상 아니잖아요."

"아니, 뭘 그런 걸 따져?"

"안 되는 건 안 되는 겁니다."

"아니, 뭐 어때? 누가 알아?"

"다 알 겁니다."

그렇게 말하면서 한쪽을 가리키는 홍보석.

그제야 오광훈은 거기서 자신을 찍고 있는 핸드폰을 발견

할 수 있었다.

"설마?"

"촬영 중이었습니다. 이미 제압된 사람한테 한 공격이니 징계가 나올지도 모르겠네요."

"어…… 음…….."

오광훈은 그걸 보다가 어설프게 손을 올려서 브이 자를 그렸다. 그리고 조용히 말했다.

"김치?"

"거기서 왜 김치가 나오냐?"

"나도 몰라. 그냥 놀라서 그랬나 봐."

병원 침상에 누운 채 오광훈은 노형진의 말에 한숨을 쉬었다.

오광훈은 어깨뼈 골절과 등 쪽의 타박상으로 입원해야 했다.

"끄응, 등이 아프니까 뭘 해도 아프다. 그런데 왜 인터넷에 촬영한 걸 풀어 버린 거야? 편집했어도 그거 장면이 장난 아닐 텐데."

오광훈은 자세를 바로잡으며 묻자 노형진이 차분하게 설명했다.

"원래는 계획에 없었지. 하지만 현장 가 보니까 상황이 좀 다르더라고."

"다르다니?"

"나는 그냥 관람료를 받을 거라고 생각했거든."

한 명당 100만 원만 해도 절대 적은 돈이 아니다.

현장에서 잡힌 사람들의 숫자는 무려 백쉰 명. 100만 원씩만 해도 무려 1억 5천이다.

"그런데 관람료보다는 다른 게 더 문제가 되더라고."

"다른 거?"

"도박."

"뭐? 도박?"

"그래."

현장을 덮쳤을 때, 그들은 단순히 투기장을 관람하고 있는 게 아니었다. 현금으로 수천만 원을 내 가면서 도박을 하고 있었다.

"현장에서 수거된 도박 자금이 무려 68억이다. 그것도 현금으로만."

"이런 씹…… 아프다……."

현금으로만 그 정도 도박을 할 수 있는 사람들이라면 뻔하다. 돈 좀 있는 사람들.

그리고 돈이 있다는 것은 권력도 있는 거다.

"뉴스에 나갈지 안 나갈지 알 수가 없잖아."

"아무래도 안 나가겠지."

아등바등 일어나려다가 결국 포기하고 그대로 누워 버리

는 오광훈.

잠깐 눈을 찡그렸지만 그 이후에는 별말하지 않았다.

"넌 그냥 쉬고 있어. 어찌 되었건 넌 국민적 영웅이 된 상황이니까."

스스로 함정에 들어가서 사람을 구하고 범죄를 밝혀낸 오광훈 검사.

인터넷에는 오광훈을 찬양하는 글로 가득했다.

"그러고 보니 김치 회사에서 광고 모델 해 볼 생각 없냐고 물어보더라."

"아, 젠장."

그 말에 오광훈은 돌연 짜증을 냈다.

"그러면 남은 건?"

"홍보석 검사를 비롯한 스타 검사들이 달라붙어서 해결 중이야. 뭐, 다른 검사들도 붙었고."

"피해자는 몇 명인데?"

"지금까지는 대략 쉰 명쯤 되는 것 같아."

다행인지 불행인지, 불법 투기장이 생긴 건 얼마 되지 않았다.

원래 그들은 사채를 핑계로 장기를 밀매하던 조직이었다.

물론 사람을 죽이는 건 아니고, 사채를 뒤집어씌우고 그후에 신장이나 각막 등을 강제로 팔도록 압박했던 것.

"그런데 이제 그게 막혀 버리니까 다른 방법을 찾은 거지."

그게 바로 투기장이었던 것이다.

"아니, 싸우는 건 권투도 있고 격투기도 있잖아? 그런데 왜 하필 투기장이야?"

"메인은 싸움이 아니라 도박이니까."

"도박?"

"그래."

스포츠 계열은 어느 정도 답을 예상할 수 있다.

그동안의 전적이나 컨디션 그리고 체구나 지금까지의 스타일 등등.

"하지만 이런 투기장은 아니잖아."

투기장에서 나오는 정보는 없다.

체구가 작다고 해서 무조건 지는 것도 아니다.

목숨을 건 싸움인 만큼, 삶에 대한 애착이 강한 자일수록 유리한 것도 사실이다.

"물론 구일본군처럼 죄다 정신력 타령하면 문제가 되겠지만."

하지만 그런다고 해도 변수가 한두 개가 아니다.

"그러니까 도박하는 놈들에게는 상당히 재미있는 곳이겠지."

체구가 작아도 승리할 수 있고, 체구는 크지만 삶을 포기할 수도 있다.

"그러니 도박하는 놈들은 환장하는 거지."

조사한 결과 도박의 수수료는 20%.

현장에서 68억의 도박 자금이 나왔으니 사채업자는 가만히 있어도 13억이 넘는 수수료를 벌 수 있는 거다.

"그러니까 그렇게 돈을 퍼 주지."

혀를 끌끌 차는 오광훈.

"그런데 이번에는 내가 마무리 못 지어서 아쉽네…….."

"뭐, 원하면 가서 마무리 지을 수 있을 거야. 하지만 원하지 않을걸."

"뭐? 어째서?"

"이게 말이지, 현장에서 죽이라고 소리를 지른 행동을 과연 살인 교사로 볼 수 있느냐의 문제가 있거든. 개인적으로 명령한 것도 아니고 단순히 일종의 응원이었을 뿐이라고 주장하면서 분위기를 탄 거라고 해 버리면 더더욱 일이 복잡해져. 일단 법리적으로…….."

"아이구, 삭신이야."

법리적이라는 말이 나오기 무섭게 오광훈은 이불 속으로 기어들어 갔다.

"난 아파서 잔다. 휘이, 휘이."

몸을 돌리고 손까지 흔드는 오광훈을 본 노형진은 피식 웃으며 자리에서 일어났다.

"푹 쉬라고, 우리 영웅님."

노형진은 조용히 병실의 문을 닫고 나왔다.

그때 누군가가 다가왔다. 홍보석 검사였다.

"역시 무리라고 하시나요?"

"아무래도 통증이 심한가 보네요. 마무리는 홍보석 검사님이 해 달라고 부탁했습니다."

"그래도 되나요?"

홍보석 검사는 미안한 표정이 되었다.

이런 큰 건을 자신이 마무리하면 그 실적도 상당 부분 가지고 가게 되기 때문이다.

"오광훈 검사가 실적 가지고 뭐라고 하는 사람은 아니잖습니까?"

"그래도……."

자신은 미안해서 차마 물어보지 못하는 걸 노형진이 대신 물어본 것이기에 홍보석은 입맛을 다셨다.

"걱정하지 마세요. 광훈이는 도리어 고마워할 테니까요."

"그…… 그럴까요?"

"네, 진심입니다. 그나저나 경찰청은 어떤가요?"

"뭐, 가 보시면 알게 될 거예요."

쓰게 웃는 홍보석이었다.

⚖

"형사보다 변호사가 더 많은 꼴은 또 처음 보네."

"지금 변호사들 사이에서는 대목이라는 소리가 나옵니다."

먼저 경찰서에 가 있던 무태식 변호사는 노형진을 만나자 피곤한 얼굴로 말했다.

"대목요?"

"전관들은 지금 부르는 게 돈입니다. 지검장 출신 변호사 가격이 5억이라네요."

"돌았네."

물론 전관이 비싸기는 하다.

하지만 5억 정도 하려면 최소한 대법관 출신은 되어야 한다. 그런데 지검장 출신이 5억이라니.

"아무래도 사건이 사건이니까요."

가해자는 많고, 구경하면서 도박하던 그놈들은 하나같이 집에 돈이 넘쳐 난다.

물론 변호사가 한 번에 여러 사건을 할 수는 있다.

그러나 변호사가 아무리 능력이 좋아도 감당할 수 있는 사건의 숫자는 한정되어 있다.

사건이 많아지면 실제로 개개별로는 소홀해질 수밖에 없는 게 사실.

그 때문에 전관에게 막대한 돈을 주고 전담으로 세우거나 더 집중시키는 게 중요했다.

"새론 쪽에는 들어온 거 없습니까?"

"없긴요. 없을 리가 있습니까? 우리 쪽도 전관이 몇 명인데."

전관이라고 해서 다 부패하고 썩은 건 아니다.

도리어 양심에 맞게 판단하다가 잘리는 사람들도 부지기수인지라, 그런 사람들은 다른 곳보다는 새론을 선호했다.

"하지만 사건 당사자와 관련이 있다는 이유로 거절하고 있습니다."

"잘하고 계십니다. 이 상황에서 우리 평판을 떨어트릴 이유는 없지요."

사람의 목숨을 놓고 도박을 했다는 것. 그건 절대로 용서할 수 없는 일이다.

그런데 또 한편으로는, 저놈들에게는 별문제가 안 되는 일이기도 하다.

"인터넷으로 공개해도 별 소용이 없으니."

만일 돈을 그렇게 쓰는 놈들이 사업하는 놈들이었다면 차라리 일은 편했을 것이다.

사건 관련 사실을 공개하는 것만으로도 치명적인 타격을 입을 테니까.

하지만 조사 결과, 그 백쉰 명 중에서 개인 사업을 하면서 국민들과 밀접한 관계를 가진 사람은 고작 네 명뿐이었다.

나머지는 건물주이거나, 집안에 돈이 많거나, 사업을 한다고 해도 국민들과 직접 거래하는 게 아니라 업체들과 하는 경우였다.

"남영사료도 그렇지만, 국민들이 직접적으로 불매운동을 투사할 수 없는 업종들은 견제하는 게 쉽지 않아요."

남영사료는 노형진이 해결한 사건 중 하나였다.

그 당시 남영사료의 사모님이 사람을 죽이고도 나와서 떵떵거리며 살던 걸 드러내고 몰아붙여서 다시 감옥에 넣은 적이 있었다.

지금도 주기적으로 확인하면서 나오지 못하게 하고 있기는 하지만, 정작 남영사료는 멀쩡하게 굴러가고 있다.

그럴 수밖에 없는 게, 남영사료는 다수의 소비자에게 물건을 파는 게 아니라 소수의 기업과 농장에 사료와 그 관련 재료를 파는 업체이기 때문이다.

즉, 국민들이 아무리 불매를 외쳐도 직접적인 불매운동 타격이 들어가지 않는다.

대형 농장들은 단가 문제로 남영사료를 사용하고 다른 사료 공장들 역시 그 재료를 그들에게서 구입하는데, 그 기록이 외부의 다른 사람들에게 알려지지 않기 때문이다.

실제로 알려지지 않았을 뿐, 남영사료가 대한민국 사료 업계에서 차지하는 비중은 50% 이상이다.

"건물주 같은 경우는 공격하기도 애매하고요."

건물을 공격하는 방법이 없는 건 아니다.

하지만 그렇게 되면 빈대 잡으려고 초가삼간을 다 태우는 꼴이 된다.

건물에 들어가 있는 세입자나 상점이 갑자기 나갈 수도 없는 노릇이고, 그들을 쫓아내면 그들의 생계가 불확실해진다.

그들이 이번 사건을 알고 있었던 것도 아니고 말이다.

"더군다나 우리는 변호사지 검사가 아니니까요."

물론 홍보석을 비롯한 수많은 검사들이 이번 사건을 담당하고 있지만 상대방도 호락호락하지는 않을 것이다.

"일단 검사들이 할 수 있는 걸 하게 두고, 우리는 우리가 할 수 있는 걸 하면 됩니다."

노형진은 경찰서에 가득한 변호사들을 보면서 중얼거렸다.

⚖️

시작된 재판.

역시나 홍보석을 비롯한 검사들은 변호사들과 싸워야 했다.

그런데 사건은 개별 건이었으나 변론은 사실상 일대다의 싸움이었다.

"친애하는 재판장님, 피고인이 현장에서 있었다는 것은 인정합니다. 하지만 피고인이 살인을 교사하거나 방조하지는 않았습니다."

현장에서 잡혔으니 거기에 있었다는 것을 부정할 수는 없다.

하지만 대한민국의 법률은 성범죄를 제외하고는 증거가 없다면 죄를 인정하지 않는 법정증거주의를 추구하고 있다.

"피고인은 그 현장을 처음 간 상황이었고 그곳이 그런 곳인지 알지 못했습니다. 그러한 상황에서 당연히 강간하라거나 죽이라고 한 적은 단 한 번도 없습니다."

수십 명이 아니라 수백 명이 모여서 만든 방어의 논리.

그건 다름 아닌 입증할 수 없으면 죄가 되지도 않는다는 것이다.

'역시 저렇게 나오네.'

죄의 증명은 검사의 책임이다.

그런데 그 어둠 속에서 잡기는 했지만 그들이 살인을 교사하거나 방조했다는 걸 증명할 방법이 없었다.

다른 죄도 마찬가지이지만 특히 살인의 교사와 방조는 법률상 처벌이 강하기에 당연히 그 조건을 깐깐하게 따진다.

방조가 되기 위해서는 당연히 살인이 벌어질 거라는 걸 알거나, 벌어지는 걸 보고도 모른 척해야 한다.

"그날 현장의 기록에 따르면 해당 조직에서는 피고인의 핸드폰과 기타 영상 기기를 모두 압류한 상태였습니다. 더군다나 수십 명의 사람들이 환호를 하면서 광기에 물든 상태였기 때문에 그곳에서 이탈하여 신고한다는 것은 불가능한 상황이었습니다."

상대방 변호사의 말에 홍보석은 입술을 깨물었다.

그들이 방어할 거라 생각한 부분에서 예상대로 움직임이 나왔기 때문이다.

"하지만 재판장님, 그날 촬영한 영상을 보시면 알겠지만 현장에서 발견된 사람들은 대부분 죽이라는 말을 연호하고 있었습니다."

"그건 인정합니다. 하지만 피고인이 한 것은 아니지요."

이게 바로 법률적 논리의 함정이었다.

범인은 있고 누군가 살인을 외쳤지만, 그게 당사자라는 걸 증명하지 못한다면 죄가 되지 못한다는 것.

실제로 수십 명이 한 사람을 밟다가 죽음에 이르게 한 경우 보통 그들 모두를 살인죄로 처벌하는 게 맞다고 생각하겠지만, 현실적으로 본다면 그들 중 누가 치명적 공격을 했는지 알 수가 없고 그 각각의 공격은 치명상이 아니기에 상해 이상의 의미는 없다.

그런 경우 사망자는 발생했으나 그를 집단으로 공격했던 사람들에게 적용되는 것은 살인이 아니라 집단 폭행이 되어 버린다.

이번 사건도 마찬가지.

"현장에서 녹음된 기록을 보면 분명 누군가는 살인을 교사하고는 있었습니다. 그러나 그게 피고인이라는 증거는 없습니다."

이게 바로 함정이었다.

현장에서 강간하라고, 죽이라고 미친 듯이 소리를 지른 놈들은 너무나 많다.

그런데 그 때문에 소리가 다 뒤섞이고 뭉개져서, 알아들을 수는 있지만 특정할 수는 없다는 게 문제였다.

"피고인은 현장에 처음에 간 것이고 그 상황에서 얼어붙어서 아무런 말도 못 했습니다."

검찰 입장에서는 현장에 있었다는 것 말고는 증명할 수가 없으니 당연히 살인 교사는 무죄라는 것이다.

그렇다면 남은 것은 살인 방조뿐인데…….

"그리고 저희 피고인은 그 현장에서 있었던 일을, 그곳에서 탈출한 후에 신고할 생각이었습니다."

살인의 방조는 살인이 있을 거라는 걸 알거나 벌어진 후에 신고하지 않고 그냥 두는 행위다.

즉, 현장에서 신고하지 못할 상황이었으나 그 이후에 신고할 생각이었다고 한다면 살인 방조마저도 성립되지 않는 것이다.

법률에서는 의도를 중요하게 여기는 게, 신고 의사가 있었다는 것과 없었다는 건 큰 차이니까.

실제로도 그곳에서 핸드폰을 모두 회수한 것도 사실이고 신고하기 위해서는 그곳에서 나오는 수밖에 없었다.

조직원들이 주차장에서 감시하고 있었기에 차를 가지고 탈출하기 전에는 신고할 수가 없었을 테니까.

"재판장님, 현장에서 촬영한 영상을 보시면 알겠지만 다수의 광기를 가진 사람들이 소리를 지르고 있었고, 그곳에서 무단으로 이탈하거나 항의하거나 신고하려고 하는 시도가 있었다면 현장에서 살해당했을 가능성이 큰 상황이었습니다. 당연히 피고인 역시 살인의 방조를 한 것이 아니라 단순히 안전을 위해 순간적으로 침묵을 지킨 것뿐입니다."

애매모호함을 핑계 삼아서 방어하는 상대방 변호사.

"하지만 해당 장소는 기밀로 유지되는 집합 장소였고, 과거에 왔던 경우가 아니라면 현장을 찾아오는 것은 불가능했습니다. 투기장이 운영되는 현장은 매회 장소를 바꿔 가면서 운영되었고 별도의 초대가 없었다면 찾아가는 것조차도 불가능한 장소입니다."

즉, 그 이전에 찾아간 적이 있기에 연락이 갔다는 의미다.

"그건 검사 측의 일방적인 주장일 뿐입니다. 핸드폰을 조사해 보셔서 알겠지만 어떠한 수단으로도 연락한 흔적은 없습니다."

일반적으로 생각하면 메일이나 메신저 등을 이용하겠지만 조사 결과 이메일도 깨끗했고 핸드폰도 흔적이 없었다.

심지어 보안용 메신저도 없었다.

"피고인이 그 현장에 간 것은 우연이었고, 그곳에서 살인을 목격하고는 바로 신고를 결심했습니다. 다만 그 전에 경찰이 단속을 하면서 현장에서 체포된 것뿐입니다."

"아니, 그걸 말이라고……!"

"지랄하지 마!"

방청석에 앉아 있던 피해자들의 유가족들은 당연히 고래고래 소리를 지르기 시작했다.

"그만! 더 이상 소란을 피우면 법정 모독죄로 모두 처벌하겠습니다!"

판사는 피해자들이 너무 시끄럽게 굴자 큰 소리로 외쳤다.

"처벌? 그래! 처벌해 봐, 이 새끼야!"

"우리 아기 아빠 살려 내!"

그러나 그게 도리어 불에 기름을 부은 꼴이 되었다.

유가족들은 분노로 들고일어났고, 더 이상 재판을 진행할 수 없는 수준이 되어 버렸다.

"이건 좀 상황이 곤란한데……."

노형진은 떨떠름한 표정이 되었고, 결국 그 소란에 판사는 휴정을 선포하고 나가 버렸다.

제대로 된 재판은 하지도 못하고 피고인 쪽의 변론만 듣고 끝난 것이다.

"얼마나 받아 처먹은 거야!"

"이 나라의 법은 죽은 거야?"

"아이고, 두식아!"

오열하는 유가족들. 그리고 그걸 찍는 기자들.

결국 그렇게 흐지부지 끝난 재판정을 나오면서 노형진은 한숨을 쉬었다.

"이렇게 될 줄 알았다."

"판사가 뇌물 받은 것 같지는 않지요?"

"그럴 사건이 아닙니다."

뇌물이라는 것도 어떤 이득이 있어야 받는 거다.

"하지만 그러기에는 이번 사건의 파장이 너무 큽니다. 보고서를 보니까 미국을 비롯한 유럽에서 주요 사건 중 하나로 보도했다고 하더군요. 하긴 선진국이라고 불리는 나라에서 일어날 만한 사건은 아니니까요."

이번 사건에 대한 뉴스는 전 세계로 퍼졌다.

전국이 아니라 전 세계다.

당연히 그런 사건을 뇌물을 받고 판단하는 미친 짓을 하는 판사는 없다.

"하지만 이런 사건에서는 한 번은 있는 일이니까요."

당연히 이런 사건에는 유가족들이 몰려온다.

심지어 그 숫자도 어마어마했는데, 그들은 변호사들의 말 한마디 한마디에 사사건건 항의하고 태클을 걸고 분노를 쏟아 냈다.

"판사 입장에서는 방법이 없지요."

판사가 피고인을 편들어 주는 게 아니라, 정상적인 재판을 진행하기 위해서는 사람들이 분노를 참고 참관해야 하는데 그러지를 못하는 것이다.

물론 아무리 판사가 법정 모독으로 처벌한다고 경고한다고 한들 눈 돌아간 유가족들을 진짜로 법정 모독으로 처벌하는 건 심각한 부담이 가는 일일 수밖에 없다.

"그 때문에 판사도 어쩔 수 없이 나간 거구요."

여기서 진짜로 유가족을 법정 모독으로 체포할 수도 없고, 그대로 사건을 진행할 수도 없다.

그럴 때는 어쩔 수거 없이 변론 기일을 따로 정해서 다시 재판해야 한다.

시간이 지나면 유가족들도 어느 정도 진정되니까.

이런 사건들이 시간을 질질 끄는 데에는 그러한 이유도 있는 것이다.

"아, 노 변호사님 오셨네요."

막 밖으로 나오던 홍보석은 노형진을 보고 쓰게 웃었다.

"정확하게 예상이 맞아떨어졌네요."

노형진이 이미 저들의 방어 전략을 말해 주었었기에 홍보석은 그다지 놀랍지도 않다는 표정이었다.

"저라면 그 방법을 썼을 테니까요."

노형진은 멀어지는 변호사들을 힐끔힐끔 보았다.

"그리고 아시다시피 이번에 승리하게 되면 계속 그 전략으로 나올 겁니다."

이번 재판이 첫 재판이지만 동시에 마지막 재판일 수도 있다는 거다.

판례라는 게 완성되면 영향력을 발휘하게 되고, 다른 놈들도 똑같은 전략을 써서 막아 내지 못한다면 검찰 입장에서는 그들을 풀어 줄 수밖에 없다.

"문제는 법리적으로 그들의 말이 맞다는 거예요. 명확한 증거 없이 그들을 살인죄의 방조나 교사로 처벌하는 건 쉽지 않다는 거죠."

일반인들이 보기에는 억울할 일이지만 어쩔 수가 없다.

법은 열 명의 범인을 놓치더라도 한 명의 억울한 피해자를 만들지 않는 게 기본이기 때문이다.

"물론 노 변호사님과 새론에서 어떻게 압력을 넣어 주신다면 모르겠지만."

홍보석의 말에 노형진은 고개를 흔들었다.

"그건 안 됩니다. 이제야 사법부와 검찰이 제대로 작동하기 시작했습니다. 물론 불편하지만, 그렇다고 해서 저희가 압력을 넣어서 죄를 인정시키면 부패를 가속화시키는 꼴입니다."

"하지만 검찰과 사법부는 결국 부패 과정을 밟을 텐데요?"

애석하게도 무태식 변호사의 말이 맞기는 하다.

아무리 노력해도 그들의 부패를 막는 데에는 한계가 있다.

"최소한 우리가 압력을 행사한 게 아닌 만큼 우리가 견제할 수는 있겠지요. 저는 검찰과 사법부의 부패를 걱정하는 게 아니라 우리의 부패를 걱정하는 겁니다."

"아……."

견제 시스템마저 붕괴하기 시작하면 부패는 막을 수가 없다.

물론 새론이 견제 시스템이라고 볼 수는 없다. 애초에 사기업일 뿐이니까.

"하지만 그렇게 승리를 위해 압력과 불법을 자행하던 곳이 있었지요, 청계라고."

물론 노형진이라고 압력을 행사하지 않은 것은 아니다.

필요하다면 협박을 통해서라도 승리를 일궈 내는 것이 노형진이다.

"그러나 그때는 검찰과 사법부가 제대로 작동하지 않는다는 것을 전제로 했을 때니까요."

하지만 제대로 정리된 검찰과 사법부다.

그런 상황에서 이쪽에서 압력을 넣기 시작하면 도리어 이쪽이 타락해서 과거의 법무 법인 청계가 될 수밖에 없다.

"으음…… 그러면 어쩌지요?"

노형진의 말에 홍보석은 고민에 잠겼다.

"최소한 시간이라도 끌어야 하는데."

"별건으로 고소하시죠?"

"별건 수사는 불법인데요."

별건 수사란 공소 사건이 아닌 다른 사건까지 무단으로 파고들어서 뭐라도 하나 엮어 내는 것을 의미한다.

사실 수사라고 볼 수도 없는, 일종의 정치적 보복이다.

그래서 일제와 군부독재가 그 방법을 많이 썼다.

가령 어떤 사람을 민주화 운동 혐의로 체포했는데, 그 사람의 민주화 운동을 탄압하면 민주주의국가라고 주장하는 그 당시 대한민국의 이름에 먹칠하는 셈이 된다.

그런 상황에서 이루어지는 게 바로 별건 수사다.

닥치는 대로 조사하고 뭐 하나 걸릴 때까지 주변을 뒤지며, 필요한 경우에는 가짜 피해자를 만들어서 그걸로 형량을 최대치로 때려 버린다.

민주화 운동 때문에 수사망에 넣어 놓고 그 사람이 한 민주화 운동에 대해 조사하는 게 아니라 그 사람의 사기나 강도 등 가짜 죄를 만들어 내거나 종속적으로 벌어지는 행동, 즉 민주화 운동 중에 한 불법 시위나 전단지 살포 같은 경범죄까지 다 엮어서 최대 형량을 때려 버리는 거다.

"물론 보복식의 별건 수사라면 그렇지요. 하지만 아예 별개의 범죄라고 하면 이야기가 달라질 겁니다."

노형진의 말을 들은 홍보석은 이해가 가지 않는 듯 되물었다.

"네? 그게 무슨 말씀이시지요?"

"도박으로 엮으면 될 거라고 생각합니다."

"도박? 아, 도박! 그러네요!"

분명 현장에서는 68억에 달하는 어마어마한 돈이 발견되었다.

그리고 그건 현장에서 그들이 사람 목숨을 가지고 도박했다는 가장 큰 증거다.

"그런 돈을 현금으로 가지고 있는 사람은 드물죠."

물론 추적을 피하기 위해 현금으로 가지고 온 것이겠지만, 이미 특정된 이상 계좌를 털어서 그 출금 내역을 확인하는 것은 어려운 일이 아닐 것이다.

"확실히 그건 별건은 아니죠."

무태식도 이해가 간다는 듯 고개를 끄덕거렸다.

도박은 살인 방조나 교사에 종속되는 범죄도 아니고, 뒤에서 뒤져서 새롭게 발견해 낸 사건도 아니다.

현장에서 벌어진 일이고 실제로 증거가 있는 범죄다.

"그리고 현장에 증거도 있으니까요."

"돈 말이군요."

그들은 돈을 모두 현금으로 냈다.

그 돈을 현금으로 가지고 있었을 가능성도 있지만, 대부분은 아마도 은행에서 꺼내 왔을 것이다.

"그러니 계좌를 털어 보면 금방 답이 나올 겁니다."

갑자기 열리는 행사다. 그러니 미리 돈을 꺼내 두고 기다릴 가능성은 높지 않다.

"일단 도박으로 엮어 두고 차차 다른 사건을 조사해야겠네요. 하지만 살인 쪽은 진짜 입증하기 힘들 거예요."

홍보석은 곤란하다는 듯 말했다.

실제 여부와 상관없이 저들의 법률적 방어는 확실했기 때문이다.

"더군다나 사건과 관련해서 얼마나 전화가 많이 오는지, 전화가 뜨거워서 꺼 둬야 할 정도예요."

좋게 표현해서 전화지, 대놓고 말하면 압력이 들어온다는 소리다.

"걱정하지 마세요."

노형진은 빙긋 웃었다.

"아무리 법률을 가지고 장난을 친다고 해도 결국 승리하는
건 현장 출신입니다. 사건이 벌어지는 것은 현장이니까요,
후후후. 조만간 전화는 안 오게 해 드리겠습니다, 후후후."

노형진은 사건에서 승리할 자신이 있었다.

사건의 시작은 현장에서

사건은 어디서 벌어질까? 그건 당연히 현장이다.

"하지만 일본의 모 드라마에서 나온 말이 있지요. 사건은 현장이 아니라 사무실에서 벌어진다."

"이해가 안 가네요. 사건이 왜 사무실에서 벌어진다는 거죠?"

무태식은 어리둥절해서 물었다.

일반적으로 사건이 사무실에서 벌어진다면 그건 거기가 사건의 현장일 때뿐이다.

"그건 일본의 사법 시스템을 비꼬는 말이기도 합니다. 그리고 한국의 사법 시스템은 그러한 일본의 사법 시스템을 그대로 가져다 베낀 형태이지요."

"일본의 사법 시스템?"

"현장의 조사나 현장 수사관의 의견과 상관없이, 사건의 조사 방향이 사무실에서 정하는 대로 흘러간다는 소리죠."

가령 정체 모를 변사체가 나왔다면?

사무실, 즉 검사가 이 사건은 자살이라고 딱 정하고 거기에 맞춰서 수사하면 그 변사체의 사인은 진실과 상관없이 자살이 된다.

"하긴 이해가 가네요. 얼마 전까지만 해도 그랬으니까요."

무태식은 고개를 주억거렸다.

몇 달 전만 해도 검사들이 딱 답을 정하면 경찰의 수사는 거기에 맞춰서 진행되었다.

진실 같은 건 상관없이 말이다.

"지금이야 좀 나아졌다고 하지만."

"좀 나아진 거지 완벽하게 바뀐 건 아닙니다. 아시다시피 바뀐 건 검사와 판사뿐이니까요."

검사와 판사는 확실히 어떤 면에서는 바꾸기가 쉽다. 왜냐하면 공직자이기 때문이다.

그들이 하나의 권력 집단화되어서 지금까지 전횡을 일삼았지만, 거기에 굴하지 않는 상부가 들어오면 공직자라는 형태의 특성상 갈려 나가는 건 순식간이다.

"하지만 변호사들은 좀 다르지요."

그들은 공직자가 아니고 개인 사업자이다.

그리고 승리에 따라 막대한 돈을 벌 수 있다.

"지금 각 전관 변호사들은 어떻게 해서든 승리하고 싶어 하고 있지요."

못해도 수억짜리 승리 보수가 달려 있다 보니 다들 눈이 벌게져 있었다.

물론 승리 보수는 불법이지만, 돈을 가진 사람들은 신경도 쓰지 않을 문제다.

"승리 보수의 판단이 그렇게 변질될 줄은 몰랐는데……."

조용히 옆에서 듣고 있던 김성식은 긴 한숨을 내쉬었다.

"한국에서 제대로 굴러가는 게 어디 있겠습니까?"

한국의 법원은 형사사건에서 변호사의 승리 보수, 속칭 승소 비용에 대해 불법이라는 판단을 내렸다.

민사의 경우는 서로 법률적 다툼이 있고 누가 선이고 악인지 알 수 없는 데다 대부분이 금전적 문제를 다루고 있기에 승소 비용을 어느 정도 보너스 비용으로 인정할 수 있겠지만, 형사소송에서 법률적 방어는 계약상의 업무에 들어가는 당연한 일이기에 추가 비용을 더 요구하는 건 불법이라는 거다.

의사로 보면 수술을 통해 환자를 살려 냈으니 돈을 더 내라는 건데, 애초에 의사의 목적이 환자의 생명 유지라는 점을 감안하면 말도 안 된다.

"그러니까. 그때는 우리가 이렇게 일이 치일 줄은 몰랐지."

그런데 그 반작용은 엉뚱하게 나타났다.

승소 비용을 받지 못하게 된 상당수의 변호사들이 승소 비용을 몰래 주지도 못할 정도로 가난한 서민들의 변론은 꺼리기 시작했다는 것이다.

물론 대놓고 안 하지는 않는다.

그냥 수임료만 받고 제대로 방어 준비를 안 해 버리는 것이다.

어차피 져도 이겨도 자신이 받는 돈은 차이가 없으니 의뢰는 그냥 받고 대충 변론하고, 승소 비용을 몰래 줄 수 있는 돈이 되는 사람에게 집중하자는 분위기가 조성된 것.

그 때문에 새론과 하늘로 사람들이 몰리기 시작해 버렸다.

"새론과 하늘이 이렇게 사람이 부족할 줄은 몰랐는데."

새론이야 그렇다고 쳐도 사실 하늘은 로스쿨 출신의 변호사들을 모아 둔 집단인지라 그렇게 사건이 많아질 거라 생각하지 못했다.

로스쿨 출신 경시 문제는 아직 해결되지 않았으니까.

그럼에도 불구하고 하늘조차도 일에 치여서 곡소리가 날 정도로 일거리가 모여들었다.

새론과 손잡고 제대로 변론하는 법을 배웠다는 이유 때문이었다.

"어쩔 수 없지요. 일단 중요한 건 그게 아니라 이번 사건이니까, 그건 나중에 해결하지요."

"그래, 다행히 도박 쪽은 처벌하기 쉬울 테니까. 홍보석 검사 말로는 별문제가 없다고 하더군."

예상대로 그들은 돈을 은행에서 찾아서 도박에 사용했다.

살인 교사나 방조에서 갑자기 도박으로 방향을 돌릴 줄 몰랐던 변호사들은 아차 싶어서 허둥거렸지만 당장 대응책을 세우지 못하고 있었다.

살인과 다르게 돈을 찾았고 그 돈을 투기장 측에 준 게 확실한 상황이니까.

당연히 주지 않았다고 항변하고 있지만 정작 그 돈을 어디다 썼는지 말하지는 못했고, 현장에서 돈을 받은 놈들이 돈을 받았다고 증언하는 바람에 그들이 코너로 몰린 상황.

"하지만 결국 도박은 도박일 뿐이니까요."

아무리 홍보석과 스타 검사들이 노력해도 그들에게 벌금 이상의 처벌은 무리다.

"언론에서는 잠잠하고."

"언론은 답이 없네요."

"뭐, 이것만 해도 어디입니까?"

언론을 개혁한다고 했지만 그건 어디까지나 그들이 거짓말하지 못하게 막은 것뿐이다.

그들이 범죄에 대해 입을 다무는 것에 대해서는 어떻게 할 수가 없다.

'혹시 몰라서 인터넷 중계를 했으니 망정이지.'

그러지 않았다면 소리 소문 없이 묻혀 버릴 뻔했다.

물론 사건 초반에는 열성적으로 보도하려고 하는 눈치가

보이기는 했다.

하지만 채 하루도 안 가서 기존에 썼던 기사들이 싹 내려갔다.

그 이유를 추측하는 거야 어려운 일은 아니었다.

"이거야 원. 우리는 변호사인데 이런 걸 걱정하고 있다니."

"어차피 변호사들 사이에서도 우리는 아웃사이더 아닙니까?"

이권과 상관없이 모든 사람들에게 공정한 법률적 서비스를 제공한다는 것.

그건 기존 변호사 업계에서 이단이나 마찬가지였다.

더군다나 그렇게 해서 사건을 싹쓸이하는 것을, 변호사들은 상도덕이 없다고 욕하고 있었다.

물론 노형진은 신경도 쓰지 않았지만.

"일단 사건을 키우죠."

"어떻게 말인가?"

"다른 피해자들을 찾아보는 겁니다."

"다른 피해자?"

"네. 그들이 진짜로 자기들 주장대로 그날 처음 거기에 가지는 않았을 테니까요."

"그건 그렇겠지만, 어떻게 말인가? 현재 마중삭 일당은 입을 다 물고 있어."

실제로 그들은 여죄가 드러나는 경우 사형을 피할 수가 없기 때문에 절대 입을 열지 않았다.

이번 사건만으로는 아무리 잘해 봐야 10년 형량이겠지만, 노형진의 추측대로 지속적으로 이런 투기장이 열렸다면 분명 사형이다.

"그건 그 도박을 한 놈들도 마찬가지고."

서로가 서로의 이권을 위해 입을 다무는 상황.

그걸 증명해야 하는 자들의 입장에서는 힘든 상황이었다.

"내비를 털지요."

그런데 노형진의 해결책은 엉뚱한 데에 있었다.

"내비요?"

"내비게이션 말인가?"

"네. 그놈들이 얼마나 자주 했는지는 모르지만 이미 매번 장소를 바꿨다고 하지 않았습니까? 그러면 관객이 알아서 찾아오지는 않았을 테지요."

"아하!"

지금은 전혀 모르는 곳에 갈 때 지도를 찾아 가면서 뭔가를 확인하는 시대가 아니다.

차량 자체에도 내비가 있을 테고. 그게 없다고 해도 요즘은 핸드폰으로도 내비 기능을 지원한다.

"동일한 시점에 동일한 장소로 모인 기록을 찾을 수 있다면 그곳에서 뭔가 있었다고 볼 수 있지 않을까요? 특히나 그곳이 인적이 드문 지역이라면요."

"그렇군."

물론 나름 검색 기록을 삭제했을지도 모른다.

하지만 포렌식 검색을 한다면 그걸 확인하는 것은 어렵지 않을 것이다.

"일단 거기에서부터 시작하지요."

그리고 그걸로 마중삭을 일단 압박해 볼 생각이었다.

⚖

"아프다. 아픈데 꼭 내가 나와야 해?"

"그래도 그림이라는 게 있잖아."

"아니, 그림이고 나발이고, 끄응……. 홍보석을 데리고 오지."

"홍 검사가 매일 재판에 출석하느라고 나올 수가 없어."

노형진은 오광훈을 데리고 산속을 헤매고 있었다.

홍보석은 내비게이션에 대해 수색영장을 청구했는데, 살인 사건이다 보니 그 영장은 쉽게 나왔다.

그렇게 압수한 핸드폰과 내비게이션을 조사한 결과 최근 6개월 내에 총 네 곳의 수상한 위치가 발견되어 그중 한 곳에 노형진이 오광훈을 데리고 온 것이다.

정확하게는 수사관을 데리고 온 오광훈을 노형진이 따라온 형태였다.

"지금 사람이 부족해. 나머지 세 곳도 수사관들이랑 검사들이 출발한 상황이야."

"알기는 아는데. 등짝 쑤셔 죽겠네."

"어차피 병원에서도 퇴원하라 했다며?"

살짝 금이 간 정도였고 병원에서 해 줄 수 있는 건 진통제 처방뿐인지라 병원에서도 퇴원을 권유했고, 뼈가 붙을 때까지 무작정 쉴 수도 없었기에 출근한 오광훈은 올라오는 통증에 눈물을 찔끔 흘렸다.

"알았다, 알았어. 그나저나 여기……."

오광훈은 주변을 스윽 둘러보면서 말했다.

"눈에 익은데?"

"형태가 비슷하지?"

가운데에 있는 넓은 공간. 그리고 그 주변에 있는 언덕들.

작은 분지 형태. 오광훈이 싸웠던 그 투기장과 형태가 비슷했다.

"아무래도 주변이 높아야 관람하기 편할 테니까."

오광훈은 눈을 찡그리더니 천천히 가운데로 가서 주변을 스윽 발로 파헤쳤다.

"역시 여기가 맞는 것 같다."

"어떻게 알아?"

"주변에 비해 낙엽이나 풀이 거의 없어."

바람에 날아와서 덮인 게 있긴 하지만, 주변에 비해 이상할 정도로 그러한 낙엽이나 풀이 적었다.

"그런데 여기는 이미 아무것도 없는데 뭘 찾으려고?"

"이런 곳에서 투기한 다음에 그놈들이 시신을 곱게 장례를 치러 줬을 것 같지는 않아서."

"아하!"

어차피 이런 곳에는 사람도 거의 없다.

그렇다면 대충 묻어 두었을 가능성이 높다.

"그러니까 여기를 조사해 보면 뭐든 나오겠지."

노형진의 말에 오광훈은 고개를 끄덕거리고는 뒤에 대고 외쳤다.

"그러면 일단 개부터 풀자고!"

물론 땅속 깊숙이 묻어 둔 상황이라면 개들도 찾지 못할 테지만, 그게 아니라면 훈련받은 개들이 분명 찾아낼 수 있을 것이다.

"풀어요."

오광훈의 말에 개의 목줄을 잡고 있던 사람들이 손에서 줄을 놨고, 그와 동시에 개들은 앞으로 번개같이 튀어 나갔다.

멍멍멍!

컹컹!

사방으로 달려 나가는 개들을 보며 오광훈은 눈을 찡그리면서 입에 진통제를 털어 넣었다.

"그나저나 찾는다고 치고, 그다음에는 뭘 해야 하는데?"

"뭘 하긴. 내가 말했잖아, 그림이 필요하다고."

"거기에 내가 필요한 거야?"

"다른 검사보다는 네가 아무래도 효과가 크지."

"끄응."

오광훈은 눈을 찌푸렸지만 더 이상 말하지 않았다. 그럴 틈이 없었으니까.

누군가의 외침이 들려왔다.

"여기 뭔가 있습니다!"

채 5분도 지나지 않아서 개들이 한 곳에서 서성거리면서 떠날 생각을 하지 않았던 것이다.

사람들은 다급하게 삽을 비롯한 연장을 가지고 현장에 몰려갔다.

그리고 대략 20분쯤 파고 들어가자 그 안에서 무언가가 모습을 드러냈다. 두개골이 함몰된 시신이었다.

"아무래도 제대로 찾은 것 같네."

노형진은 물끄러미 그 시신을 보면서 말했다.

⚖️

시신을 찾은 건 노형진뿐만이 아니었다.

나머지 세 곳에서도 시신이 나왔는데, 그 숫자는 무려 30구가 넘었다.

그 사진을 들고 오광훈이 나섰다.

물론 이건 단순히 기사 발표만이 문제가 아니었다.

노형진이 원하는 그림. 그건 '전 국민에게 이 사건을 알리는 것'이었다.

인터넷으로 방송하기는 했지만 그걸 아는 사람만 알고 언론은 기사화하지 않는 상황.

"그래서 얼마나 받고 보도하지 않은 겁니까?"

기자회견. 그것도 인터넷에 중계하는 기자회견.

기자회견은 보통 기자들에게 뭔가를 알리기 위해 하는 게 정상이었다.

그런데 오광훈은 그 자리에서 기자들을 대놓고 깠다.

'역시 이런 포지션은 오광훈이 최고지.'

다른 검사들은 스타 검사가 되었다지만 여전히 정치적 문제에서 벗어나지 못했다.

사실 검사가 될 정도로 공부한 사람이라면 미래를 위해서라도 언론과 척지는 걸 꺼린다.

그래서 노형진은 오광훈이 필요했던 것이다.

대놓고 어그로를 끌 수 있는 사람이니까.

"지금 우리를 모욕하는 겁니까?"

"모욕을 인지할 정도의 지능은 있으신가 보네."

기자들의 이마에 슬슬 열기가 올라오는 게 느껴진다.

평생을 절대적 갑으로 살아온 기자들이다.

아무리 노형진에게 털려서 요즘은 몸을 사리고 있다고 해도, 결국 그 버릇이 어디 가지는 못한다.

"기사 쓰셨던 분들도 기사 내리고, 다른 분들은 기사도 안 쓰시고."

오광훈은 기자들을 돌아보며 한껏 빈정거렸다.

그러자 기자들의 눈은 분노로 가득해졌다.

"표정을 보아하나 날 존나 씹어 대고 싶은 모양인데."

"……."

"그런데 어쩌나? 나 씹으려면 이번 사건을 기사화해야 하는데. 얼마 전에 신설된 언론법 아시죠?"

과거에는 기자가 본인이 쓴 기사에 대해 책임을 지지 않았다.

하지만 이제는 법이 바뀌었다.

기사를 쓰기 위해서는 충분한 근거가 있어야 하고, 그게 없는 경우 막대한 손해배상을 해야 된다.

"새론이 그렇게 관련 소송을 잘한다는데."

히죽 웃는 오광훈의 말에 기자들은 속에서 분노가 끓어올랐다.

새론에서 수십 명의 기자들을 자살시키고 백 명이 넘는 기자들을 하루아침에 망하게 한 건 널리 알려진 사실이니까.

여기서 화가 난다고 오광훈에 대해 가짜 뉴스를 쓰는 순간, 그 기자는 자기 유언장에 사인하는 꼴이다.

'내가 노리는 게 이거지.'

노형진은 분노를 억누르기 위해 이를 박박 가는 기자들을 보면서 속으로 씩 웃었다.

'화가 나서라도 쓰고 싶겠지.'

화가 나서 쓰게 된다면 그건 그것대로 좋고, 결국 돈 때문에 안 쓰면 그것도 그것대로 좋다.

"뭐, 그래도 명색이 기자회견이니까 내가 기삿거리 하나 던져 줄게요."

그렇게 이죽거리며 오광훈이 말했다.

"오늘부터 경찰들, 업무상배임으로 모조리 고발을 넣을 겁니다. 일단 경찰청장부터 시작하지요."

"……?"

"뭐요?"

"잠깐! 당신 미쳤어?"

지금까지는 화가 나서 이만 갈던 상황이었으나, 기자들은 순간 방금 전의 분노를 깡그리 잊어버렸다.

"아니, 그게 무슨 말입니까? 경찰청장을 업무상배임으로 수사한다니?"

"아무리 막 나간다고 하지만……!"

"왜, 내가 틀린 말 했나?"

오광훈은 차가운 눈빛으로 기자들을 바라보았다.

"내가 알아보니까 실종자들, 아니 사망자들 모두 가출로 처리되어 있던데요?"

"그거야……."

"자, 여기서 문제. 모조리 가출 처리되어 있는 이 사건의 피해자들, 가족들이 과연 가출 신고를 했을까요, 아니면 실종으로 신고했을까요?"

"……."

당연히 피해자의 가족들은 가족이 사라지면 실종으로 신고를 한다.

그런데 어째서인지 경찰의 전산상의 기록에 따르면 죄다 가출로 처리되어 있다.

물론 과도한 채무로 인해 가출하는 경우는 생각보다 많다.

하지만 수사 결과 채무로 인한 가출로 결론 내리는 것과, 채무가 있다는 이유로 무조건 가출 처리하는 것은 전혀 다른 문제다.

"한두 건도 아니고 서른 명이 넘는 피해자가 나왔는데 그게 죄다 가출이라……. 이 정도면 짭새, 아, 미안합니다. 경찰들이 뇌물을 처먹었다고 봐야 하거든요."

뻔하다. 그러한 야반도주나 채무로 인한 도주까지 정식 실종으로 수사하기 시작하면 일거리가 늘어나니까.

실적도 안 되고 돈도 안 되는 사건은, 절대 일하지 않는 경찰 입장에서는 그것만큼 귀찮은 일이 없다.

일하기 싫어서, 살인 사건이 발견되었는데 그걸 은폐하기 위해 손수 여덟 살짜리 아이의 시신을 몰래 가져다 묻어 버린 경찰도 있을 지경이니.

"경찰은 공무원인데 일하기 싫으면 그만둬야지 어쩌겠어요?"

오광훈은 어깨를 으쓱했다.

"제가 지금부터 경찰 모가지를 날려 버리겠습니다."

그러더니 슬쩍 웃었다.

"이것도 씹어 보든가. 아, 물론 이런 과정을 기사화하려면 처음부터 다 써야 하는 거 아시죠? 그나저나 이런 사건도 덮을 만큼 우리 부자 나리들께서 돈이 많을지 모르겠네."

말끝에 히죽 웃는 것도 잊지 않는 오광훈을 보면서 기자들은 진심으로 그를 때리고 싶어졌다.

⚖

"당했어!"

천국일보의 편집장인 양선강은 손톱을 물어뜯었다.

"이거 어쩌지? 오광훈 이 미친 새끼! 아오, 진짜!"

오광훈은 단순히 기자회견만 한 게 아니었다.

사회단체의 지원을 받아서 광고까지 했다.

버려진 가족들을 찾습니다. 실종 신고를 단순 가출로 처리한 경찰들에 대한 수사를 오광훈 검사가 시작합니다.

자녀나 남편, 아내, 형제와 자매 등에 대한 실종 신고를 가출로 처리해서 수사하지 않은 경찰에 대해 아시거나 피해를 입은 분들은 오광훈 검사를 찾아 주십시오.

그리고 돈으로 기사를 막는 분들.

재주껏 돈 뿌려 보시기 바랍니다. 기대하지요.

언론에서 아무리 이야기하지 않아도 광고로 이런 이야기가 퍼지자 너도나도 오광훈을 찾아가기 시작했다.

당연하게도 오광훈은 그런 경찰들을 업무상배임으로 모조리 조사했고, 알면서도 고치지 않던 경찰청장이 수갑을 차고 끌려 나오는 초유의 사태가 벌어졌다.

물론 경찰에서는 지랄했지만, 막무가내인 오광훈을 막을 수 있는 사람은 없었다.

더군다나 오광훈의 뒤에는 새론과 노형진이 있다는 걸 알고 있는 경찰 입장에서는 찍소리도 못 할 수밖에 없었다.

털려고 했다가는 도리어 모가지가 날아갈 판국이었으니까.

"이걸 보도하지 않을 수도 없고……."

이 정도 되는 사건을 보도하지 않자니 이건 대놓고 '나는 돈을 받았습니다.'라고 홍보하는 꼴이고, 보도하자니 결국 돈을 준 그들의 말에 반해서 사건의 시작부터 보도해야 한다.

"으으으."

"양 편집장님, 저기…… 사장님이 부르시는데요."

"사장님이?"

양선강은 침을 꿀꺽 삼켰다.

자신이 좆 되어 버렸다는 사실이 직감적으로 느껴졌기 때문이다.

"사장님, 부르셨습니까?"

양선강이 눈치를 살피면서 사장실 안으로 들어가자 그의 앞에 천국일보 오늘 자 신문이 툭 던져졌다.

"양선강이, 오늘 신문 왜 이래?"

"네……? 뭐가 문제가 있으신지……?"

"문제? 지금 대가리는 폼으로 올려 두고 살아? 경찰청장이 경찰청에서 수갑이 채워져서 끌려갔어. 그런데 1면 뉴스가 송지혁 열애설? 지금 장난해?"

사장 입장에서는 어이가 없는 일이었다.

이런 초유의 사태가 벌어졌는데 엉뚱한 열애설이나 이야기하고 있다니?

"애초에 송지혁이 누군데? 듣보잡 개그맨 아니야? 톱 티어도 아니고 방송 출연도 고작 하나 하는 애를 열애설이라고 터트려? 그것도 1면에?"

"……."

"양선강, 너 얼마 받았어?"

"아…… 안 받았습니다, 사장님."

"그런데 우리 신문은 왜 이런데? 우리뿐만 아니라 몇몇 신문들 꼴이 왜 이따위인데?"

"……."

"그리고 오광훈이 한 광고, 그거 마지막 부분 못 봤어?"

대놓고, 돈으로 기사를 막는 사람들더러 재주껏 막아 보라고 했다.

이게 애매한 게, 오광훈은 누가 사건을 돈으로 막는다고 말한 적도 없고 어떤 사건인지도 말한 적이 없다.

현행법상 모욕이나 협박이라고 볼 수가 없다는 소리다.

그러나 사람들은 이제 슬슬 사건에 대해 알아 가고 그가 말하는 사건이 뭔지도 눈치챘다.

인터넷에서 중계가 계속되고 있는 데다가, 오광훈의 말대로 그 사건을 덮기 위해 부자들이 아무리 돈을 뿌려도 한계가 있다.

더군다나 경찰청장이 체포된 사건과 결부되어 있는 사건을 덮는다?

그걸 막기 위해서는 족히 수백억, 수천억을 뿌려야 한다.

하지만 그렇게까지 할 수는 없었기에 실제로 돈을 받지 않거나 시답잖게 받았던 작은 언론사들부터 슬슬 터트리기 시작했고, 그게 소문나기 시작하자 다른 언론사들도 하나씩 터트리고 있었다.

"그런데 우리만 이딴 열애설을 올리면? 우리는 돈 받았다고 인정하는 꼴 아니야, 이 새끼야!"

휙 날아오는 명패를 양선강은 다급하게 몸을 날려 피했다.

"당장 보도해!"

"사장님, 일단 진실이 드러날 때까지는……."

"진실? 씨발. 언론에 진실이 어디 있어? 진실은 조회 수야, 이 개새끼야! 광고 떨어지면 네가 책임질 거야?"

양선강은 아무런 말도 못 했다.

만일 여기서 기사를 올리게 되면 자신은 돈을 토해 내야 한다.

아니, 토해 내는 게 문제가 아니다.

그 부잣집에서 자신을 가만둘 리가 없다.

물론 기사를 안 올려도, 사장이 자신을 가만둘 리가 없지만.

'망했다. 완전히 망했어.'

양선강은 그저 울고 싶을 뿐이었다.

⚖️

둑이 무너질 때는 한꺼번에 무너지는 게 아니다.

한 곳에 난 구멍이 점점 커지는 거다.

지금 상황이 딱 그랬다.

작은 곳에서부터 점점 커지기 시작한 뉴스는 어느 순간 대한민국을 발칵 뒤집었다.

경찰청장, 경찰청에서 체포

대한민국 채무자들은 노예?

경찰의 보호를 받지 못하는 대한민국의 채무자들

투기장의 노예로 사망한 삼십여 명의 사람들, 그걸 방관한 대한민국 경찰

"채무 관련 실종자는 무조건 가출 처리, 경찰 내규상 수사 금지되어 있어" 현직 경찰의 양심 고백

투기장에서 사람들의 노리개로 죽어 간 최소 서른 명의 사람들.

이에 대한 이야기가 퍼지기 시작하자 아무리 돈이 많다고 해도 그 소문의 홍수를 막을 수 없었다.

"전화가 딱 끊어졌어요."

홍보석은 신기하다는 듯 말했다.

하루에도 수백 통씩 오던 전화였다.

내가 누군지 아느냐는 협박에서부터 원하는 게 뭐냐, 돈이라면 얼마든지 주겠다, 승진시켜 주겠다, 재벌가 며느리가 되고 싶은 생각 없느냐 등등, 별짓을 다 해도 끊임없이 오던 전화가 싹 끊어진 것이다.

"오광훈의 힘이죠."

"오 검사님의 힘요?"

"미친놈 포지션 아닙니까?"

다른 사람도 아닌 경찰청장을 긴급체포 해 버렸다.

현행법상 구속영장 없이 체포할 수 있는 시간은 스물네 시간뿐.

오광훈은 그걸 이용해서 경찰청장을, 다른 곳도 아닌 경찰청에서 체포하고 대놓고 수갑을 채워서 끌고 나왔다.

경찰청장은 화가 나서 지랄했지만 이내 조용해졌다.

오광훈이 그에게 정보길드라는 한마디만 했음에도 말이다.

"경찰청장을 현장에서 체포해서 끌고 오는 미친놈이 있는데 누가 전화합니까? 실제로 그 짓거리 했다가 난리 난 게 몇 번인데."

오광훈에게 압력이 내려온 건 한두 번이 아니다.

하지만 오광훈은 그 전화번호를 추적해서 현장에서 수갑을 채워서 질질 끌고 나왔다.

심지어 국회까지 가서, 회기 중인 국회의원의 비서관을 수갑을 채워서 끌고 온 적도 있었다.

"이쪽에 미친놈이 하나 있으면 여러모로 편하지요. 더군다나 일이 커지지 않았습니까?"

그런 미친놈 포지션은 오광훈이 아니면 소화할 수 없기에 노형진은 오광훈이 아픈 걸 알면서도 그를 이용한 것이다.

"이런 상황에서도 압력을 행사하면 오광훈이 가서 수갑을 채워 질질 끌고 나올 테니까요."

안 그래도 투기장 손님의 명확한 명단은 여전히 불투명한 상황이다.

현장에서 잡혀 온 놈이 백쉰 명이지만 그 투기장에 다니던 놈들이 그 백쉰 명이 전부라는 증거는 없다.

"어떤 놈이든 그 살인 투기장 조사를 막으려 들었다는 이유로 긴급체포 해서 끌어내면 인생 종 치는 거죠. 압력을 막는 법? 간단합니다. 엮이기 싫도록 만들면 되는 겁니다."

대통령이 아닌 이상에야 체포를 면할 수는 없다.

그리고 일단 소문이 돌면 권력을 가진 공직자는 그 자리를 지키지 못한다.

과거에는 고위 검사나 판사라면 자리를 지킬 수 있었을지도 모르나 이제는 탄핵도 수시로 벌어지고 있는 상황.

"하지만 그래도 여전히 그들의 법률적 논리는 부술 수 없어요."

정치적 압력이 없다고 해서 사건이 끝나는 건 아니다.

"솔직히 현 상황에서는 질 가능성이 높아요."

불확실한 것은 피고인에게 유리하게 해석하는 것.

그게 현대 법의 가장 기본 중 하나였고, 이번 일에도 그대로 적용될 수밖에 없다.

"마중삭 일당이 입을 안 열던가요?"

노형진은 눈을 찡그렸다.

현장을 뒤져서 시신을 찾은 것은 그들을 압박하기 위해서였다.

실제로 30구나 되는 시신이 발견된 이상 그들은 물러날 곳이 없었다.

당연히 협상을 위해 뭔가를 토해 내리라고 생각했다.

그러나 홍보석의 말은 생각보다 심각했다.

"어차피 사형이라 생각하는 모양이에요. 그런데 한국에서는 형을 집행하지 않으니까요."

"으음......"

"그리고 그들에게 변호사가 찾아간 모양이에요."

"변호사야 당연히 찾아가는 거 아닙니까?"

무태식은 그 말을 듣고 고개를 갸웃했다.

대한민국 법률상 변호사는 필수다.

돈이 없어서 고용 못 한다면 국선변호인이라도 붙여 줘야 한다.

그러니 변호사가 찾아가는 건 그다지 이상한 일도 아니다.

"전담 변호사라면 제가 이야기도 안 하지요."

"그게 무슨 말씀이지요?"

"피고인 측 변호사들이 찾아간 모양이에요."

노형진은 눈을 살짝 찡그렸다.

"조건을 달았겠군요."

"그런 것 같아요."

피고인들은 돈이 없는 게 아니다.

만일 변호사가 찾아가서 가족들의 생계를 책임지겠다는 식으로 이야기한다면?

사형을 언도받고 미결수로 평생 감옥에 있어야 하는 그놈들 입장에서는 받아들일 수밖에 없다.

"더군다나 그런 놈들이 한두 명이 아닐 테니."

당장 여기에 있는 것만 해도 백쉰 명. 그들이 1억씩만 준다고 해도 150억이다.

순식간에 재벌이 되어서 떵떵거리면서 살 수 있는 거다.

"조직원이 한두 명도 아닐 텐데요."

무태식은 말도 안 된다는 듯 고개를 흔들었다.

하지만 노형진은 다르게 생각했다.

"대부분은 그냥 잡무만 보는 놈들일 테니까요."

링을 설치하고 자리나 정리하던 놈들에게는 어차피 가서 이야기해도 소용이 없다.

그들은 찾아오는 사람들의 신분을 모를 테니까.

설사 얼굴을 봤다고 주장한다고 해도, 숫자가 무려 백쉰 명이다.

사실 그들이 얼굴을 하나하나 모두 기억하리라고 보기는 힘들다.

그런 식으로 방어하고 테스트하면 아마도 대부분은 틀릴 것이다.

"신분을 아는 사람은 잘해 봐야 다섯 명 정도일 텐데."

그들이 입을 다물면 추적하는 것은 절대 불가능하다.

"다섯 명이면 한 명당 1억씩 줘도 겨우 5억이니까요."

그 정도 돈은 부담도 되지 않을 테니 당연히 그들은 벗어날 것이다.

"가족들은 부자가 될 테고."

"허."

아무리 법이 바르게 판단하려 한다고 해도 역시나 돈의 힘을 무시할 수는 없었다.

"어떻게 그들을 불렀는지만이라도 알아내면 좋은데."

그렇게 중얼거리며 홍보석은 입술을 깨물었다.

"핸드폰 검사 결과는 뭐 안 나왔나요?"

"전혀요."

핸드폰이며 컴퓨터까지 모조리 싹 다 털었지만 나온 게 없었다.

"그 보안용 메신저를 지운 거 아니에요?"

"애초에 보안용 메신저를 깐 흔적도 없어요."

"누군가가 따로 만나러 다닌 걸까요?"

"그랬다면 내비에 나왔겠지요. 그리고 그런 놈들이 가서 만나 달라고 한들 피고인들이 쉽게 나올까요?"

"하긴."

사람 목숨을 파리 목숨만도 못하게 생각하는 놈들이다.

그런데 누군가 찾아가서 만나 달라고 한들, 과연 그들이 나와서 이야기를 들어 줄까? 아무것도 없는 놈들인데?

"어떻게 연락을 주고받은 건지……."

그것도 정확한 시기에 정확한 날짜를 알려 준다는 건 쉬운 일이 아닌데 말이다.

모두가 모여서 고민하는 그때, 노형진은 문득 홍보석의 책상에 있는 물건에 시선이 갔다.

"그건?"

"아, 죄송해요. 좀 정신이 없지요?"

노형진이 책상을 보고 있자 어지러운 책상에 부끄러움을 느낀 건지 다급하게 정리하려고 하는 홍보석.

하지만 노형진은 거기에서 정신이 번쩍 들었다.

"우편용 서류 봉투군요."

"규정이 그러니까요."

검찰의 모든 업무는 기본적으로 우편을 이용하게 되어 있다.

그것도 등기. 그걸 이용해야 기록에도 남기 때문이다.

등기로 보내면 당사자 또는 가족이 아니면 못 받으니까.

반대로 응답하는 쪽 역시 등기로 보내는 게 보통이다.

"우편."

"네?"

"검찰과 법원의 기본 업무는 모두 우편으로 하지요. 우편 아닐까요?"

"우편?"

"우편이라고요?"

무태식과 홍보석은 아차 하는 표정이 되었다.

우편은 업무용으로만 쓰는 게 아니다.

요즘은 잘 쓰지 않을 뿐이지, 개인적인 우편도 가능하다.

"우편물은 확인해 보셨어요?"

"아니요. 그건…….”

"고정관념이라는 게 무섭지요."

당연히 핸드폰이나 메일 등을 쓸 것이라고 생각했다.

사실 현대에 편지를 쓰는 사람들은 거의 없으니까.

업무 관련은 이메일로 보내면 되고, 사랑을 속삭이려면 메신저를 쓰면 되니까.

그렇다 보니 우편 서비스의 이용률은 무척이나 낮아, 현실적으로 개인 간에 우편이 사용되는 경우는 대단위 홍보물 발송이 거의 전부인 상황이다.

화물조차도 택배로 넘어가고 있으니까.

그렇다 보니 미처 우편은 확인하지 않았던 것이다.

"요즘 빨간 우체통 보신 분?"

"없군요."

심지어 우편은 대면할 필요도 없다.

그냥 빨간 우체통에 넣으면 우체부가 알아서 배달해 준다.

"발신자도 자기 마음대로지요."

보내는 사람이 가짜 주소를 넣는다고 해도 그걸 확인하지는 않는다.

"그걸 누가 열어 볼 사람도 없으니."

설사 열어 본다 한들 거기에 암호문을 적어 놨다면 그냥 쓰레기 이상의 가치는 없다.

이것이법이다

"우편이라……. 그건 진짜 생각을 못 했네요."

홍보석도 아차 하는 표정이었다.

다른 사람도 아닌 우체부가 배달을 해 주니까 의심받을 일 도 없다.

더군다나 한국의 우편 시스템은 무척이나 잘되어 있다.

그래서 중간에 사라지는 경우가 드물다.

그리고 보통은 사흘, 늦어도 나흘 안에는 도착하니까 사전 에 계획을 하고 보내 둔다면 연락하는 건 어려운 일이 아닐 것이다.

"하지만 그걸 어떻게 추적하지요? 우체국에 가서 보내는 거라면 모르겠지만……."

만일 우체통을 이용해서 보냈다면 추적은 상당히 힘들다.

"역으로 추적하죠."

"역으로?"

"한국의 우편 시스템이 잘되어 있는 것은 모든 것이 전산 화되어 있기 때문이지요."

개인적으로 보내는 우편물도 모두 우체국에 기록이 남아 있다.

"우리에게는 백쉰 명의 표본이 있지요. 그들에게 도착한 우편물이 며칠 사이에 얼마나 될까요?"

"흠…… 많지는 않겠군요."

현대의 우편물은 대부분 홍보 또는 카드 관련이고, 그나마도 비용 절감을 목적으로 모두 모바일이나 메일로 바뀌는 추세다.

그래서 특별한 법률적 상황이 아닌 이상에야 한 사람이 한 달에 받는 우편물은 세 건 이하 수준이다.

"각 우체국에서 한 달간의 우편물을 확인한 후에 그 발신 처를 찾아보면 될 것 같습니다."

"주소를 가짜로 썼으면요?"

홍보석의 말에 노형진은 고개를 흔들었다.

하긴 홍보석 세대는 우편물을 업무용 말고는 써 본 적이 없을 테니까.

"우편물에서 발신인의 주소는 사실 중요하지 않습니다."

"네? 그게 무슨 말이죠?"

"부산이라고 썼다고 해서 강원도에서 보내지 말라는 법은 없지만, 전산에는 수집된 지역이 올라가니까요."

즉, 의심스러운 사람들에게 비슷한 시기에 편지가 왔다면 발신지를 털어 보면 된다는 거다.

"우편물을 아무리 퍼트리려고 한다 해도 결국 주변일 테니까요."

전산화가 잘되어 있는 한국에서 그런 걸 벗어나는 건 쉬운 일이 아니었다.

"그 자체만으로도 충분히 증거가 될 수 있을 겁니다."

"그럴 거면 마중삭의 본거지 근처를 터는 게 편하지 않을

이것이 법이다

까요?"

"글쎄요. 저라면 거기에 관련 서류를 두지는 않을 겁니다."

언제 털릴지 모르는 사채용 건물이다.

관련 증거를 거기에 두는 짓을 할 것 같지는 않았다.

"어찌 되었건 확인해 보지요."

확인 자체는 어려운 일이 아니었다.

그리고 비슷한 시기에 수신된 편지를 확인한 결과, 백쉰 명 모두 뜬금없이 평택에서 발송된 우편물을 받았다.

"역시 머리를 쓰는군요."

원래 마중삭의 본거지는 서울이다. 그런데 평택이라니?

그건 생각도 못 한 곳이었다.

"확실히 그들이 연락을 주고받은 방법은 알겠는데."

홍보석과 함께 평택의 우편물 발송지로 온 노형진은 주변을 확인했다.

"문제는 내용물을 확인할 수 없다는 거예요."

안타깝게도 우편물은 모두 발송되었다.

우편물이 등기였다면 미수취로 돌아가기라도 했을 텐데 죄다 350원짜리 일반 우편물이었고, 일반 우편물은 그냥 우편함에 넣어 두는 형태였는지라 남아 있는 게 없었다.

"주소는 죄다 가짜고."

당연히 우편물을 전산화할 때는 위치가 어찌 되었건 주소를 넣어야 한다.

그런데 기록에 남아 있는 주소는 죄다 가짜였다.

강원도에서부터 경상도까지 다양했다.

물론 우체국에서는 그걸 이상하게 생각하지 않았다.

그런 경우는 생각보다 흔하니까.

"거의 다 온 것 같습니다만. 일단 주변의 창고를 확인해 보죠."

"창고요?"

"현장에서 덮쳤을 때 보지 않았습니까? 장비가 제법 많았습니다."

"아하!"

현장에는 철조망에 기둥에 발전기에 대형 라이트까지 있었다.

"그런 걸 그냥 바닥에 굴리지는 않았을 테니……."

"여기 어딘가에 뒀을 거라 생각하시는 거군요."

"아마도요."

창고에 보관하다가 필요할 때만 썼으리라.

그리고 아마도 그 창고가 투기장의 본거지일 가능성이 높았다.

"창고라……. 창고, 창고……."

문제는 창고라고 해도 수색이 쉬운 건 아니라는 거다.

어찌 되었건 창고를 수색하기 위해서는 영장을 받아야 하는데 증거도 없이 법원에서 영장을 줄 리가 없다.

더군다나 평택 지역에 있는 창고의 수는 수백 개다.

거기에 영장을 줄 리가 없는 상황.

"주변에서 찾기는 힘들겠죠?"

"힘들 겁니다. 우체통이라는 게 사람이 많은 곳에 설치하는 거니까요."

즉, 도심 한복판에 우체통이 있다는 소리고 주변에 창고가 있을 리가 없다는 거다. 그런 게 있을 정도로 넓은 공간이라면 상당히 비쌀 테니까.

더군다나 차명으로 했다면 더더욱 수색이 쉽지 않을 것이다.

"뭐, 제가 생각 없이 온 건 아니니까요."

"방법이 있으시다고요?"

"안 그랬으면 여기에 안 왔지요. 아직 멀었나? 아, 저기 오네요. 역시 양반은 못 되는군요."

"네? 누군데요?"

홍보석이 어리둥절해하는데 어딘가에서 자동차의 엔진음이 들렸다.

돌아보니 저만치에서 왠지 익숙한 자동차 한 대가 달려오고 있었다.

이윽고 자동차는 두 사람의 앞까지 다가와 멈춰 섰고, 누군가가 내렸다. 오광훈이었다.

그는 평소처럼 차에서 내리는가 싶더니 기어이 앓는 소리를 냈다.

"끄응…… 아이구, 삭신이야."

"뭘 삭신을 따져?"

"너도 뼈에 금 가 봐라. 죽을 것 같아."

잔뜩 인상 쓴 얼굴로 끙끙대는 오광훈에게 노형진이 물었다.

"그런데, 찾은 거야?"

"찾았다. 생각보다 쉽더만."

"네? 뭘요? 설마 주소를 찾았다고?"

"사실은 그렇습니다."

노형진은 조용히 말했다.

노형진은 평택 지역이라고 확인한 후에 바로 오광훈에게 부탁해서 평택 지역 수송용 차량을 확인해 달라고 했다.

"현장에 있던 장비들은 절대 작은 게 아니었거든요."

"아하!"

분명 그들은 그곳에 장비를 가지고 가서 설치했다.

그런데 거기에서 검찰은 어떤 수송용 차량도 찾지 못했다.

그 때문에 검찰은 증거를 나르기 위해 4톤 트럭을 하나 빌려야 했다.

"반대로 말하면 그걸 옮기기 위해서는 최소 4톤 트럭이 필요하다는 거죠. 하지만 현장에는 없었습니다. 그러면 그 트럭은 어디에 있을까요?"

누군가 그걸 타고 왔다 갔다 한다는 건 논리적으로 말이 안 된다.

4톤 트럭쯤 되면 기름도 엄청 많이 먹고, 움직이는 것도 불편하니까.

개인적인 용도로 쓰기 위해서라면 당연히 자가용을 쓸 것이다.

"빌려서 썼다?"

"맞습니다. 다행히 확인해 보니 대형 트럭 면허가 있는 놈이 한 명 있더군요."

그리고 대형 트럭을 빌려주는 곳은 많지 않다.

대부분 빌려준다고 해도 운전기사를 따로 붙인다.

그럴 수밖에 없는 게 1인 보험이 제일 싸기 때문이다.

자동차보험은 다수의 사람들이 몰 수 있는 보험이 제일 비싼데, 4톤 트럭은 사이즈 때문에 가뜩이나 비싼 보험이 더 비싸진다.

당연히 그런 업체는 많지 않고 그곳을 특정하는 건 어려운 일이 아니었다.

"가시죠. 현장에 가 보면 뭐든 나올 겁니다."

"빨리 말하든가. 내가 등짝이…… 끄응……."

투덜거리면서 다시 차에 타는 오광훈.

그렇게 오광훈이 알아 온 주소를 향해 달려간 일행은 약 40분 후 텅 빈 주소지에 도착할 수 있었다.

"망한 공장 같네."

창고라기보다는 망한 공장 같다.

"운이 좋았네."

노형진은 창고만 생각했지 망한 공장은 생각도 못 했다.

하지만 공장도 내부가 구획되어 있지 않다면 물건을 보관하는 데에는 전혀 문제가 없다.

"영장은?"

"이미 받아 왔지."

팔랑거리면서 영장을 흔드는 오광훈.

그걸 보고 홍보석은 씁쓸한 표정이 되었다.

"왜 그러십니까?"

"아니, 그런 건 저도 할 수 있는 건데……."

아마 자신도 충분히 할 수 있는 걸 오광훈에게 시켜서 약간은 섭섭한 모양이었다.

어그로를 끄는 거야 승진을 포기한 오광훈이 잘하겠지만 영장 청구나 주소 확인 같은 건 홍보석도 할 수 있는 일이니까.

"아, 죄송합니다. 무시하려고 그러는 게 아니라 낚시하려고 오광훈을 이용한 거라서요."

"낚시?"

"홍 검사, 나 보는 놈들이 한두 명이 아닌 거 알지? 그놈들이, 내가 주소 털어서 움직이면 어떻게 하겠어?"

홍보석은 눈을 크게 떴다.

아마 그쪽도 바로 움직이려고 할 것이다.

"하지만 그건 저도 마찬가지 아닌가요?"

"물론 그렇지요. 하지만 만일 가는 중에 복귀 명령이 떨어진다거나 하면 홍 검사님은 어쩌실 건가요?"

"그건……."

홍보석은 아차 했다.

자신은 오광훈이 아니다.

일단 명령에 따라 복귀해서 가부를 따질 것이다.

그게 규칙에 어긋나지 않으니까.

"하지만 오광훈 검사는 아니죠."

엿 먹으라고 하고 바로 달려올 것이다.

"저도 바로 올 수 있어요."

"압니다. 하지만 이미지란 그런 거죠."

저쪽에게 머리 굴릴 수 있는 시간을 최대한 적게 줘야 한다.

그래서 노형진은 오광훈에게 말한 것이다.

"솔직하게 말하지요. 오 검사는 현장직입니다. 위에 올라가서 잘할 수 있다고 보기에는 힘들지요."

홍보석은 눈을 찌푸렸다.

"하지만 오 선배님은 일 잘하시는데요?"

"네, 잘하지요. 그리고 부부장검사까지 올라갔구요. 하지만 과연 어디까지 올라갈 수 있을 거라고 생각하십니까?"

"그건……."

홍보석은 말을 못 했다.

그녀는 검사로서 내부를 누구보다 잘 안다.

그리고 오광훈의 성격을 생각하면 그가 올라갈 수 있는 한계는 명확하다.

부장검사까지는 가능할지 모르지만 지검장?

턱도 없다. 그가 실적이 부족하거나 능력이 부족해서가 아니다.

"오광훈 검사는 성격상 위에서 정치질 못합니다."

"설마……."

"홍 검사님이 위로 가셔야 합니다."

물론 오광훈도 자신이 승진해야 한다고, 나중에 검찰총장 한다고 설레발치지만, 아마도 진짜로 그 자리에 가게 되면 바로 사표 던지고 튀어나올 인간이다.

"오광훈은 선하고 바르며 용기 있는 스타 검사의 이미지를 이끌고 있지요. 그리고 그 이미지는 부서지면 안 됩니다. 그에 반해 정치적 문제는 홍보석 검사님이 올라가서 해결해야 하지요."

"이해했습니다."

지금 끄는 모든 어그로는 오광훈이 먹고, 홍보석은 승진해서 위에서 고쳐야 한다는 말.

"물론 미래에 광훈이가 성격을 고치면 좋겠지만……."

물론 한때 오광훈도 시도한 적이 있었다.

검사다운 말도 해 보고 검사처럼 해 보기도 했다.

하지만 결국 포기하고 범죄자에게 주먹을 날리면서 본성을 드러냈다.

"어찌 되었건 영장을 받아 오고 관심을 끌었으니 그는 책임을 다한 겁니다. 고소와 고발은 다 홍 검사님이 다 해 줘야 합니다."

"선배님한테 죄송해서……."

"죄송할 것 없습니다. 다 자기 역할이 있는 겁니다."

그렇게 홍보석을 잘 다독인 노형진은 이내 공장을 향해 시선을 돌렸다.

"일단 들어가지요."

"네, 제가 선두에 서죠."

홍보석은 책임감을 가지고 앞장섰다.

그러자 오광훈이 그런 홍보석을 보고 노형진에게 슬며시 다가왔다.

"그래서? 한대?"

"일단은……."

"다행이다. 아, 씁. 쫄려서 뒈질 뻔?"

"일 좀 배워라, 이 새끼야."

"나도 배우기야 했지. 그런데 이번에 전관 새끼들 알잖아.

난 못 이겨."

"끄응."

노형진이 홍보석에게 미래 운운한 데에는 사실 두 가지 측면이 있다.

오광훈이 위로 올라가기 어려운 것에는 성격적인 문제도 있지만, 동시에 오광훈이 이번 사건을 맡게 된다면 실력이 드러나서 상대방 전관에게 휘둘려 패배할 가능성이 높기 때문이다.

그러니 그걸 적당히 핑계 대면서 떠넘기는 수밖에.

"맨날 검찰총장 한다고 그러더니."

"부부장검사도 귀찮아 죽겠더라, 무슨. 아휴."

오광훈은 뭐가 생각났는지 말하다 말고 고개를 절레절레 저었다.

이어 두 사람은 다른 사람들을 따라 공장으로 진입했다.

마침 홍보석은 그 안에서 새로운 증거를 발견한 상황이었다.

"여기 새로운 명단이에요."

홍보석은 잔뜩 흥분한 표정으로 서류를 가지고 왔다.

거기에는 언제 어디서 누가 왔으며 얼마를 냈는지 적혀 있었다.

"이런 미친! 이게 사실이라고?"

오광훈은 그걸 받아 들고는 눈을 크게 떴다.

그 안에 적혀 있는 것은 한국의 거대한 집단의 명단이라고 봐도 무방했다.

대기업 재벌의 자식, 정치인의 자식, 심지어 현직 정치인과 유명 방송인까지.

"이런 자들이 이런 행동을 하다니."

눈을 찡그리는 홍보석.

오광훈 역시 질려 버렸다는 표정이 되었다.

"숫자가 족히 오백 명은 되겠어. 금액도 이 정도면…… 거의 수천억대……."

나라가 뒤집어질 만한 증거에 두 사람은 아무런 말도 못했다.

"으음?"

그런데 노형진은 조용히 명단을 살피기만 할 뿐 아무런 말도 하지 않았다.

"왜 그러세요? 이거면 확실하게 증거로 삼아서 모조리 뒤집을 수 있다고요."

"네, 확실히 그런데요."

그 안에는 현장에서 잡혀 있던 백쉰 명의 명단도 분명 있었다.

그들은 최소 세 번에서 많으면 다섯 번까지 온 것으로 되어 있었고, 수천만 원의 도박을 한 것으로 되어 있었다.

"이거……."

입을 연 노형진의 얼굴은 더할 나위 없이 딱딱해져 있었다.

"가짜입니다."

"네?"

"아니, 그게 무슨 소리야? 잠깐! 야, 나는 압수수색영장을 받아서 바로 온 거라고."

당연히 중간에 새어 나갈 틈 같은 건 없었다.

하지만 노형진은 확신했다.

"이거 가짜야. 확실해."

"그걸 어떻게 알아?"

"여기에 있는 이 사람."

노형진이 가짜라고 확신하는 이유는 간단했다.

"여기 조호수라는 사람, 이날 나랑 있었어."

"뭐?"

"사건 관련해서 상담이 있었지."

두 사람은 그대로 얼어붙었다.

여기에 기입된 바로 그 날짜, 그 시간에 노형진하고 같이 있었다고?

"농담하지 말고."

"진짜예요?"

"진짜입니다. 조호수 씨는 그날 저와 함께 있었습니다. 사건의 자세한 내용은 말씀드릴 수 없지만요."

어찌 되었건 상담을 요청했고 특수한 경우였기 때문에 노형진이 상담해 줬다.

"그리고 비밀 상담이었고."

"아니, 그런데 왜 여기 적혀 있는 거죠?"

노형진은 눈을 찡그리고 말했다.

"함정인 거죠."

"네? 함정요?"

"우리가 여기를 찾을 거라 생각한 겁니다."

결국 자신들이 여기를 찾아 증거도 찾아낼 거라 생각했을 것이다.

"우리가 여기 오기까지 시간이 좀 걸렸죠."

즉, 가짜 증거를 심어 두기에는 충분한 시간이 있었다는 것.

"어째서?"

"어째서는 뭐가 어째서야? 우리가 이걸 공개하면 어떻게 되겠어?"

이것만큼 확실한 정보가 없다.

당연히 홍보석은 이걸 증거로 제출할 것이다.

당연히 이 목록의 사람들을 고발할 것이고.

죄다 살인 방조 또는 살인 교사니까.

"여기에 적혀 있는 숫자는 오백 명 정도 되겠네요. 그런데 그들이 그날 뭘 했는지, 알리바이를 증명할 수 있다면요?"

당연히 이 책의 증거능력은 의심된다.

그렇게 된다면?

"우리 쪽에 증거 조작을 뒤집어씌울 수 있지."

"……!"

"이런 미친 새끼들."

"하지만 효율적인 전략이야."

일단 증거 조작으로 몰리기 시작하면 검찰 쪽의 기소에는 심각한 문제가 생긴다.

증거 하나를 이미 조작했는데 다른 증거는 조작하지 않으리라는 법은 없으니까.

"더군다나 이 명단을 봐 봐. 사회에서 다들 나름 인기가 있는 사람들이야. 여기 유재선 같은 경우는 한국을 대표하는 연예인이지. 팬덤도 어마어마하고."

그런 자에 대해 조작된 증거를 밀어 넣어서 수사를 진행한다?

"대한민국 전부가 우리 적이 되는 것이나 마찬가지야."

더군다나 이들 중 상당수는 알리바이를 증명할 수 있을 것이다.

당연히 이 책의 증거능력은 의심될 테고, 당연하게도 거기에 적혀 있는 백쉰 명에 대한 고발 역시 의심받게 된다.

"이거 한 방 먹었는데?"

만일 아는 사람의 이름이 없었다면 노형진도 한국에 이렇게 미친놈이 많았나 하고 한탄했을 것이다.

그런데 다행히도 아는 사람의 이름이 맨 위에 있어서 알아차릴 수 있었던 것이다.

"이런 젠장!"

오광훈은 이를 뿌드득 갈고는 바닥을 차다가 끙끙거리면서 신음을 냈다.

"그러면 이걸 증거로는 못 삼겠네요?"

홍보석은 힘없이 물었다.

"아니요. 증거로 쓸 수 있습니다. 이건 일종의 자충수지요."

"자충수?"

"네. 이건 저들이 증거를 조작하려고 했다는 가장 강력한 증거입니다."

"어째서요?"

"이걸 조작한 놈은 현장에 없었을 테니까요."

두 사람은 고개를 갸웃했다.

⚖️

검찰청, 취조실에서 한 남자가 앞에 앉은 홍보석의 눈치를 보고 있었다.

"규소중 씨 맞으시죠?"

"네……."

홍보석은 툭, 뭔가를 던졌다.

"이 노트, 규소중 씨가 작성한 거 맞으시죠?"

"도대체 무슨 말씀이신지?"

모르는 척하는 규소중.

하지만 확실히 그가 작성한 게 맞다. 노형진이 기억에서 그를 읽어 냈으니까.

홍보석과 오광훈에게는 현장에서 잡히지 않은 조직원을 조사해 보라고 했는데, 규소중이 현장에서 잡히지 않은 그 조직원이었다.

그 당시 현장에는 없었지만 통화 내역과 기타 정보를 추적해서 조직원임을 확인한 상태였다.

"이미 규소중 씨의 글씨와 대조해 봤습니다. 그런데 본인 필체가 맞더군요."

"저는 모르는 일입니다만?"

규소중은 뻔뻔하게 부인했다.

그런 그에게 홍보석은 슬슬 미끼를 던졌다.

"규소중 씨, 규소중 씨가 지금 상황을 이해 못 하시는 것 같은데, 간단하게 말씀드리죠. 규소중 씨는 현재 두 가지 죄목 중에 하나로 기소될 겁니다. 살인 또는 증거인멸죄."

"뭐요?"

눈이 커지는 규소중.

그렇게 극단적으로 죄목이 차이 날 거라고는 생각하지 못했기 때문이다.

"아니, 내가 뭘 어쨌다고?"

"어쩌긴요. 이건 규소중 씨가 작성한 겁니다. 아까도 말씀드렸다시피 필체 확인은 끝났지요. 그리고 현행법상 필체의 대조를 통한 증거는 법원에서 인정됩니다."

규소중은 침을 꿀꺽 삼켰다.

"진정하세요. 그게 증거가 되지는 않습니다."

옆에 있던 변호사는 조용히 규소중에게 말했다.

"변호사님이 잘못 아시나 본데, 판례를 보여 드릴까요?"

규소중을 안심시키려던 변호사는 결국 입을 다물었다.

"그런데 그게 왜 두 가지 죄 중 하나라는 거요!"

"그걸 지금부터 설명해 드리지요."

규소중의 말에 홍보석은 살짝 웃었다.

"일단 이게 진짜일 경우죠."

"진짜일 경우?"

"네. 조사 결과 이게 진짜이고 이 많은 사람들과 이 모든 자금과 시간이 다 맞다면 규소중 씨가 이번 사건에 대해 다 알고 있었다는 의미이고, 그 말은 규소중 씨가 조직의 핵심 인물이라는 걸 뜻하지요. 저희 조사 결과, 지금까지 거기에 온 인물에 대해 전부 아는 사람은 없었거든요."

"그게 무슨……?"

"쉽게 말해서 마중삭은 바지 사장이고 주범은 규소중 씨라는 거죠. 마중삭 씨는 자신은 모른다고 하고 있거든요."

"……!"

규소중의 눈이 지금까지와 다르게 크게 뜨였다.

이 말이 의미하는 바를 모르지는 않기 때문이다.

물론 그걸 확신하고 홍보석이 설명해 주기도 했다.

"무조건 사형일 겁니다. 한국이 실질적으로는 사형 폐지국이라서 설사 사형은 당하지 않는다고 해도, 죽는 그 순간까지 감옥에서 지내게 될 겁니다. 범죄 혐의가 크니 가석방은 꿈도 꾸지 못할 테고요."

"아니, 잠깐! 난 모르는 일입니다."

"진정하세요. 지금 검사에게 놀아나는 겁니다!"

다급하게 그를 만류하는 변호사.

하지만 규소중은 변호사에게 도리어 화를 냈다.

"내가 지금 진정하게 생겼어?"

"진정하세요. 아직 이야기가 안 끝났으니까요."

홍보석은 그렇게 규소중을 진정시키며 말했다.

"두 번째 경우, 즉 이게 가짜인 경우는 이야기가 달라지지요. 당신이 살인했다는 증거는 없습니다. 현장에서 잡히지도 않았지요. 그런 경우라면 증거인멸죄가 됩니다."

증거인멸이라고 하면 증거를 없애는 것만 생각하지만 사실 증거를 조작하는 것도 포함된 개념이다.

"그리고 그런 경우는 5년 이하 징역, 700만 원 이하 벌금이 되겠지요."

격하게 떨리는 규소중의 눈빛.

"이미 필체가 확인되었기 때문에 당신은 둘 중 하나는 걸리게 되어 있습니다. 중요한 건 이거죠."

심호흡하고 다시 한번 규소중을 바라보는 홍보석.

"이 안에는 사실 범인으로 볼 수 없는 사람들의 명단도 있지만, 동시에 이번에 잡힌 백쉰 명의 명단도 있지요. 문제는 우리가 이걸 공표한 적이 없다는 거예요."

심지어 현장에서 잡았지만 각각 변호사가 붙었지 그들이 뭉쳐서 변론하지는 않았다.

"과연 그 백쉰 명의 명단은 어디서 얻었는가?"

노형진이 이상하게 생각한 게 바로 그거였다.

외부에 공표된 적이 없는 명단이다.

그런데 그 명단이 정확하게 들어가 있다.

그러면 둘 중 하나다.

진짜로 알고 있거나, 진짜 명단을 보고 옮겨 적은 것.

"여기서 당신의 선택에 따라 처벌이 달라집니다. 당신이 협조하지 않는다면? 아마도 마중삭은 입을 다물 테고 당신은 사건의 주범으로 고소당해서 영원히 감옥에 있겠지요? 하지만 협조하고 그 명단이 어디에 있는지 이야기하고 증거 조작 사실을 인정한다면? 아마도 협조에 대한 대가로 집행유예 정도가 나오지 않을까요?"

인생을 완전히 파멸로 몰아갈 것이냐, 아니면 자기라도 살 것이냐.

"잠깐! 난 그냥 부탁받아서……."

"조용히 하세요! 지금 검찰에게 놀아나는 겁니다!"

변호사는 재차 규소중을 말렸다. 하지만 규소중의 귀에 그의 말이 들어올 리가 없었다.

"입 닥쳐! 네가 뭘 알아!"

"검사에게 놀아나지 마세요! 당신을 지키려고 하는 건 검사가 아니라 접니다!"

변호사는 어떻게 해서든 규소중을 진정시키려고 했다.

하지만 이미 규소중은 심적으로 흔들리는 상태.

홍보석은 그런 상황에 살짝 꼼수를 부렸다.

"진짜 규소중 씨를 보호하기 위해서라면, 그게 진심이라면 여기에 사인하세요."

그렇게 말하며 홍보석은 뭔가를 건넸다.

"그건?"

"각서입니다."

각서의 내용은 간단했다.

만일 규소중이 살인죄 또는 살인 방조로 기소되는 경우 변호사는 규소중과 그 가족에게 100억의 손해배상을 한다.

"내가 미쳤어, 이딴 헛소리에 사인하게?"

사실 정상적인 변호사라면 거기에 사인할 리가 없다.

아니, 할 수가 없다.

판결도 아니고 기소다. 판결이라면 모를까, 기소는 검사가 독점권을 가지고 있다.

즉, 변호사가 사인하는 순간 홍보석이 기소해 버리면 그는 얄짤 없이 100억을 토해 내야 한다는 거다.

하지만 규소중은 그런 것에 대해 잘 몰랐다.

그러니 머릿속에 드는 생각은 한 가지뿐이었다.

"이런 개새끼! 그런 거였어? 나를 희생양으로 삼아서 죄다 벗어나려고 하는 거였어?"

"규소중 씨, 진정하세요. 그런 게 아닙니다. 놀아나는 거라고요!"

그러나 이미 규소중은 이쪽으로 홀라당 넘어온 상황이었다.

"사실은 서류가 따로 있습니다. 저보고 그걸 참고해서 증거를 조작하라고……."

변호사는 눈을 질끈 감고 말았다.

-검찰에서는 이번 사건에 관련하여 여죄를 추궁하는 한편…….

-한편 경찰에서는 공식적으로 채권 관련 실종 수사 금지 규정을 폐지하기로 하였으며…….

-범인들은 증거를 조작하여 검찰의 수사를 방해할 목적으로…….

-다수의 경찰이 업무상배임으로 기소됨에 따라 추가적으로 인력의 보충이…….

규소중은 결국 자신이 아는 걸 모두 토해 냈다.

물론 그 과정에서 자신에게 유리하게 말을 바꾸는 것도 잊지 않았다.

사실 그가 현장에 있었는지 없었는지는 알 수 없다.

중요한 건 그가 서류가 있는 위치를 알고 있었다는 거고 그걸 불었다는 거다.

그 서류에는 현장에 있던 백쉰 명 말고도 서른 명 정도가 더 있었다.

그리고 그곳에서 살아 나간 사람들에 대한 기록도 있었다.

서른 명에 달하는 자들은 체포당하면서 사실을 말했고, 결국 그들 모두 살인의 교사로 기소되었다.

그들의 증언에 따르면 애초에 패배자들은 살아 나갈 수가 없는 구조였다고 한다.

정확하게는 패배자의 생과 사는 관중의 선택에 따라 달라지는데, 단 한 번도 살려 주라는 말이 나온 적이 없었다고 한다.

만일 마음이 약해져서 죽이지 못하면 둘 다 죽는 것이 투기장의 룰이었다고 하니 결국 살인의 교사였던 것.

"세상에 미친놈들이 많다고 하더니."

고개를 절레절레 흔드는 한만우.

자신이 부하를 위해 맡긴 사건이 이렇게 커질 줄은 진짜 몰랐던 그는 한숨을 쉬었다.

"나도 이 바닥에서 미친놈 소리 들으면서 살았지만 이건 더 답이 없군."

"인간이 어느 순간 선을 넘으면 다른 사람들이 인간으로 안 보이는 법입니다."

"그나저나 경찰도 이번에 가루가 되어 가는군."

"투기장뿐만이 아니었으니까요. 그나저나 조사는 어떻게 되어 갑니까?"

"뭐, 더 나오는 곳이 있는지 확인 중이야. 나오는 대로 알려 주겠네."

사건의 핵심은 채무자들을 이용한 투기장이었지만 원인은 또 있었다. 바로 남성 실종자에 대한 수사를 금지하는 규정이었다.

투기장에서 오광훈이 싸운 젊은 여성이 있기는 했지만 대부분의 피해자는 남성이었다.

범죄자들은 남자들에 대해서는 실종 신고가 들어가도 무조건 가출로 처리하고 조사하지 않는다는 것을 알고는 납치한 남성을 검투 노예화시킨 것이었다.

물론 여성의 경우가 없는 것은 아니었지만, 그건 어디까지나 관중에게 눈요기를 시킬 목적으로 한두 명씩 골라서 데리고 온 것이었다.

살인도 사람들을 흥분시키지만 강간도 미친놈들을 흥분시키는 요소 중 하나였던 것.

경찰은 전혀 생각도 못 하고 있던 일이었기에 노형진은 한만우에게 그와 관련된 조사를 부탁했다.

어둠의 경로에 대한 정보는 그가 더 빠르니까.

"그건 그렇게 하도록 하고, 마지막으로……."

"두둑하게 돈 좀 받아 내라고요?"

노형진은 피식 웃었다.

엉뚱한 죄를 뒤집어쓴 부하를 위해 정부를 상대로 소송해 달라는 거다.

"기꺼이요."

노형진은 의미심장한 미소를 머금으며 자신 있게 말했다.

참으면 임 일병, 못 참으면 윤 병장

"내 이름이 거기에 있었다니 어이가 없군."

조호수는 쓰게 웃으며 말했다.

"어설프게 머리 쓰다 걸린 거죠."

노형진은 조호수를 보면서 말했다.

조호수는 중견 기업을 운영하는 사람이다.

금탑 훈장도 받고 승승장구하는 사람이 그런 곳에 갈 이유가 없다.

더군다나 그가 상담하는 이유가 폭력 문제 때문인데 그런 사람이 뜬금없이 투기장에서 도박을 한다? 말도 안 되는 소리다.

"그래서 이야기해 보셨습니까? 아드님이 뭐라고 하시던가요?"

"법대로 하겠다고 하더군."

"결국 그렇게 되는군요. 그런데 국방부의 대답은요?"

"내무생활에는 문제가 없다고 하더군."

"결국 그렇게 대답하는군요."

노형진은 긴 한숨을 쉬었다.

"이놈의 군대는 진짜 없앨 수도 없고."

"나는 군대가 지금은 나아졌다고 생각했거든. 그런데 뭐 이리 시궁창인지."

"군대가 어디 갑니까? 세상의 삼대 거짓말 중 하나가 군대 좋아졌다는 말 아닙니까?"

"그러게나 말이야."

조호수는 씁쓸하게 말했다.

"그래서 그놈은 뭐라고 합니까?"

"자기 아빠한테 뒈지기 싫으면 알아서 기라고 했다는군."

"자기 아빠라……."

"진짜 조폭이라고 생각하나?"

"그럴 리가요."

노형진은 피식 웃었다.

그런 말 하는 놈들치고 그 말이 사실인 경우는 없다.

"동기 생활관인데 그 지경이라니."

조호수가 상담하는 문제는 간단했다.

아들이 군대에 갔는데 동기 생활관에서 생활하게 되었다.

동기 생활관이란 병사들 사이에서 워낙 똥군기 잡는 게 심해서 군 내부의 부조리가 심하다 보니 그걸 막겠다고 동기들끼리 모여서 생활하게 하는 것이었다.

일견 좋은 아이디어 같긴 하다.

문제는 그게 정말 '일견'이라는 거다.

"군 생활을 해 보지 않은 새끼들이나 할 만한 생각인 거죠."

생활관이라는 곳은 생활하는 공간이다.

물론 쉴 때 편하게 쉬는 건 좋다.

그런데 군대에서 갈굴 때 바깥으로 불러내지 못할 이유가 없다는 게 문제다.

"장군들은 네 위로 내 밑으로 집합이라는 말을 모르니까."

똥군기가 사라진다? 아니다.

물론 조금 덜해지는 부분은 있지만, 집합시켜서 구타하는 건 여전하다.

불러내는 것까지 막을 수는 없으니까.

"더군다나 그런 문제가 터지는 가장 큰 원인에 대해서는 전혀 신경 안 쓰죠."

똥군기의 가장 큰 원인은 미친놈이다.

아무리 좋은 분위기를 만들어 두면 뭐 하나? 미친놈 한 놈이 모조리 원점으로 돌리는데.

똥군기 박멸에 성공한 적이 없을까?

아니다. 있다.

그런데 나중에 들어온 놈이 미친놈이면, 자기가 고참이 되면 또다시 똥군기를 잡아서 이득을 보려고 한다.

　"그래도 그렇지, 동기 생활관에서 그런다는 게 말이나 되는지, 거참."

　"참으면 임 일병, 못 참으면 윤 병장이라는 말이 그냥 생긴 게 아니죠."

　임 일병과 윤 병장은 군대 똥군기를 증명하는 사건이다.

　임 일병은 군대에서 동기와 선임에게 두들겨 맞아 죽었고, 윤 병장은 자신을 괴롭히던 병사들에게 소총을 갈겼다.

　심지어 임 일병 사건은 장교가 사건을 조작해서 묻어 버리려다가 드러났다.

　"그래서 내부에서 문제는 없습니까?"

　"뭐, 그놈이 지랄하는 거 말고는 말이지."

　조호수의 아들의 말에 의하면 동기 생활관에서 생활하는데 자기 아버지가 조폭이라고 주장하면서 자신의 말을 듣지 않으면 주먹을 휘두르고 폭력을 행사하는 놈이 있다고 한다.

　그나마 조호수의 아들은 아버지가 힘이 있으니 함부로 못 하는 듯하지만, 다른 사람들은 막 대한다는 것이다.

　'과거에는 걸러졌을 놈들이 다 군대를 가니…….'

　한국의 징집률은 99.9%.

　다른 나라들은 징집 국가라고 해도 사실 70%가 넘기 힘들다.

　하지만 한국은 유독 징집률이 높은데, 그건 소위 별이라고 하는 장군들의 자리를 보장해 주다 보니 발생한 현상이다.

정상적인 국가의 군대라면 보병의 숫자를 줄이고 자동화하거나 화력을 증대해야 정상이지만 그렇게 되면 필연적으로 장군들의 숫자가 줄어들 수밖에 없다.

당연히 국방부 내의 장군들은 그걸 극도로 반대하고 막기 위해서 안보를 핑계로 화력전에서 큰 도움이 안 되는 보병의 숫자를 유지하라고 계속 요구하고 있다.

그렇다 보니 문제가 있는 인적자원들, 특히 외부적으로 티가 안 나는 정신적 문제가 있는 인적자원들도 강제로 끌고 가다 보니 이런 문제가 끊임없이 생기는 것이다.

"뭐, 내 아들이야 그럭저럭 자기를 지킬 수 있는 놈이다 보니 괜찮다지만 이놈이 슬슬 후임까지 손대고 있다고 하는군."

"상병이라고 했지요?"

"그래."

노형진은 머리를 긁적거렸다.

대충 상황이 이해가 갔다.

문제가 되는 상황이지만 자대에서는 문제를 인식하지 않고 있다.

정확하게는 인식하기 싫은 상황이다.

그걸 인식해서 보고하는 순간 대한민국에서 장교는 승진을 포기해야 한다.

한국 장교 시스템은 이상해서, 문제를 알아차리고 보고한

뒤 해결하는 장교는 승진에서 누락되고 문제를 은닉하는 장교가 올라간다.

"일단은 아드님부터 힘을 가지게 하시지요."

"내 아들? 뜬금없이?"

"그 녀석이 깽판을 칠 수 있는 건 자기 아버지가 조폭이기 때문입니다. 일단 그놈의 주장은 그렇지요."

그러니까 조폭이 와서 해코지할까 봐 선임들도 손대지 못하는 거다.

심지어 장교들까지도 말이다.

"지금 부대에서는 다른 후임들을 보호해 줄 수 있는 사람이 없다고 생각하니까 저항하지 못하고 끌려다니는 겁니다. 쉽게 말해서 다른 구심점이 없는 거죠."

"으음."

조호수는 탐탁지 않은 표정이 되었다.

"나는 내 자식이 특혜를 입는 건 원하지 않네만."

그래서 굳이 노형진을 찾아와서 상담한 것이다.

"특혜를 입다 보면 그게 당연하다고 생각하고, 그게 계속되면 자신이 특별한 사람이라고 생각하지. 그래서 내가 군소리 없이 군대에 보낸 거야."

"압니다. 만일 이등병이었다면 제가 이런 말은 하지 않았을 겁니다. 하지만 상병이지 않습니까?"

"그게 다른가?"

"군 생활을 해 봐서 아시지 않습니까? 상병부터는 보호받기보다는 보호해야 하는 처지가 됩니다."

"보호해야 하는 처지라……."

"책임감을 가져야 한다는 거죠."

이등병, 일병은 잘 모르니까 그냥 대충 넘어갈 수 있지만 상병부터는 보통 군에서 책임지는 역할을 한다.

병장이나 말년은 제대로 뭔가 하려고 하지 않고, 보통 작업이나 작전 준비를 하는 건 상병급이 되기 때문이다.

"그건 특혜가 아닙니다, 책임이지."

"책임이라……."

"그렇습니다. 그리고 아드님께 책임을 배우게 하고 싶으신 것 아니었나요?"

조호수는 고개를 끄덕거렸다.

"그래서 군대에 보낸 건 사실인데. 그렇다고 해서 이제 와서 내가 가서 훈장을 흔들 수는 없는 노릇 아닌가?"

사실 대통령에게 받은 금탑 훈장이 자랑스럽기는 하지만 그게 군대에서 무슨 힘을 발휘하겠는가?

"금탑 훈장이 필요한 게 아니라 돈이 필요합니다."

"돈? 부대에다가 돈이라도 기증하라는 건가? 그건 좀……. 내 자식만 보호하는 꼴 아닌가?"

노형진은 고개를 흔들었다.

"돈으로 군대를 살 수는 없지요."

"그러면?"

"하지만 돈으로 장군은 살 수 있습니다."

그 말에 조호수는 이해 못 하겠다는 표정이 되었다.

장군. 군대에서 보면 공포의 대상이자 하늘과도 같은 존재다.

그러나 사회에서 봤을 때는?

그냥 동네 아저씨다.

그리고 노형진이 봤을 때는?

그냥 자본주의의 대상이다.

부아앙!

7081부대의 위병소 앞.

토요일 오전, 면회를 하기 위해 많은 사람들이 부대에 오고 있었다.

"충성. 어떻게 오셨습니까?"

위병소 근무를 서던 병장은 한 고급 차량에 다가가서 신분을 확인했다.

"아들 면회 왔습니다."

"신분증을 주시면 감사하겠습니다."

"그러지요."

차에 앉아 있던 조호수는 신분증을 꺼내서 위병소 근무자에게 건넸다.

"옆에 계신 분도 주셔야 합니다."

"아, 야, 신분증 달래."

"나 말인가? 아, 그렇군. 하하, 버릇이 되어서 말이지."

웃으면서 지갑을 뒤지는 조수석의 남자를 보고 근무하던 병장은 속으로 고개를 갸웃했다.

'위병소랑 버릇이랑 무슨 관계야?'

"여기에 있습니다."

조호수가 신분증을 받아서 건네자 병장은 얼굴을 확인하기 위해 그걸 펼치고 대조하려고 했다.

그다음 순간 그의 눈동자는 파르르 떨리고 온몸의 피는 싸늘하게 식기 시작했다.

"충성!"

"아니야. 친구 아들 보러 온 건데 충성은 무슨."

아무것도 아니라고 손을 흔드는 조수석의 남자.

그러나 병장에게는 아무것도 아닌 게 아니었다.

'미친, 여기서 이성이 왜 튀어나와!'

이성장군. 그러니까 소장이다.

그리고 별이 하늘에서 내려오는 날이면 부대는 발칵 뒤집어지기 마련이다.

버릇이 안 돼서?

이해가 간다. 어떤 미친놈이 이성장군이 타고 다니는 차를 확인하겠는가?

　그들만 해도 장군들 차량 번호를 외우고 있다가 다가오면 검문하지 않고 그냥 프리 패스시킨다.

　물론 불법이고 규정 위반이지만, 검사라도 하면 그날은 곡소리가 난다.

　법과 규정보다는 높은 분의 심기가 우선인 거다.

　그런데 이성장군 차량을 검문하는 미친놈이 있을 리가.

　"바로 불러 드리겠습니다!"

　"누군지는 알고?"

　"아, 네……. 누구입니까?"

　"3중대 1소대 조명수 상병 부탁드립니다."

　"네, 알겠습니다."

　병장은 바로 초소로 들어가서 다급하게 외쳤다.

　"중사님! 중사님!"

　"누구 데리고 오래?"

　일단 이쪽에서 출입증을 끊어 줘야 하기 때문에 근무하던 중사는 병장에게 물었다.

　"그게 중요한 게 아닙니다! 투스타입니다!"

　"뭐?"

　"투스타가 왔습니다! 3중대 1소대 조명수 상병 아버님 지인이랍니다!"

　중사는 멍하니 있다가 깜짝 놀라서 펄쩍 뛰었다.

"아니, 여기서 투스타가 왜 나와?"

"이거 어떻게 합니까?"

"어떻게 하긴! 당장 비상 걸어야지! 넌 일단 출입증 가져다드리고!"

다급하게 출입증을 끊은 그는 허둥지둥 전화를 들었다.

"통신 보안. 여기 1문 위병소입니다! 지금 소장님이 오셨습니다!"

그렇게 부대가 발칵 뒤집어지기 시작했다.

⚖

날 좋은 주말.

사람들이 군대에 있는 아들들을 만나러 온 위병소에 반짝이는 견장을 단 사람들이 우르르 몰려왔다.

"충! 성!"

사람들이 보든 말든 대대장은 사복을 입은 남자에게 절도 있게 경례를 했다.

"충성. 아니, 뭘 이렇게 나와?"

"아닙니다. 장군님께서 오셨는데 어찌……."

군대에서 장군의 말은 절대적이다.

장군이 산을 옮기라고 하면 산을 옮겨야 하는 곳이 군대다.

위문으로라도 이런 작은 곳에 오는 경우는 드문데 면회라니.

"이거야 원. 내 친구 아들 한번 보러 왔다니까. 편하게 해, 편하게."

그러나 대대장 이하 다른 사람들은 절대 편할 수가 없었다.

정말 편하게 하는 순간 인생 꼬이는 거다.

"충성! 상병 조명수. 면회 부름받고 왔습니다."

조명수는 안으로 들어오다가 흠칫했다.

자신에게 면회가 왔다는 소식은 들었다.

그런데 부대에서 왜 너는 아버님 친구분 중에 소장이 있다는 걸 말하지 않은 거냐고 타박을 들어서 이미 반쯤 혼이 나간 상태였다.

자신의 아버지에게 소장급 친구가 있다는 건 금시초문이었으니까.

'아니, 아는 게 이상한 건가?'

요즘 시대에 부모님의 친구까지 다 알고 지내는 사람들이 얼마나 되겠는가?

"아이고, 우리 명수 오랜만에 보네."

하늘 같은 소장이 반가워하는 모습을 보면서도 조명수는 바짝 얼어붙어 있을 수밖에 없었다.

"명수야, 인사해야지. 너 어릴 때 기억 안 나? 너한테 용돈도 주고 그러셨는데."

그런 사람들이 어디 한두 명인가? 그러나 조명수는 일단 인사부터 했다.

"충성! 상병 조명수!"

"야 야, 여기는 장군으로 온 거 아니야. 아빠 친구로 온 거야, 허허허."

물론 그 '친구'가 빨리 가 주기를 다른 장교들은 속으로 빌고 있었다.

'아무런 준비도 안 되어 있는데.'

만일 뭐 막사라도 보고 싶다고 올라갔다가 '여기는 청소가 덜 되어 있네.'라고 말이라도 한마디 나오는 순간 주말이고 뭐고 병사들은 무조건 대청소 동원이었다.

"그나저나 여기 오래 있을 필요는 없지?"

"뭐, 남자들끼리 왔는데 뭐가 있겠어?"

어머니랑 왔다면 떡이고 불고기고 김밥이고 잔뜩 해 왔겠지만 남자들끼리 온 두 사람은 두 손이 가뿐하게 가벼웠다.

그럼에도 불구하고 문제 될 것은 없었다.

군인이 원하는 게 뭔지 두 사람은 누구보다 잘 아니까.

"우리 명수 데리고 나가도 되지?"

"네? 당연히 됩니다!"

"그래, 명수야, 가자. 내가 오랜만에 치킨이라도 사 주마, 하하하."

먼저 앞장서서 나가는 소장을 보면서 조명수는 조호수를 얼떨떨하게 바라보았다.

"가자, 명수야."

"네."

일단 차를 타고 위병소를 지나서 외박을 나온 명수는 아무리 친구라고 해도 아버지 옆자리에 앉아 있는 사람의 눈치를 볼 수밖에 없었다.

"고맙습니다. 덕분에 우리 명수가 편해지겠네요."

"뭐, 별말씀을요."

그런데 친구라고 하기에는 두 사람의 대화가 이상했다.

부대 안에서는 서로 반말하던 사람들이 나오자마자 존댓말이라니?

"저기, 아버지. 친구분이시라고……?"

"응? 친구 아니다. 오늘 처음 본 거야."

"네에?"

순간 상황이 이해가 가지 않는 조명수.

그런데 왜 자신에게는 친구라고 소개했단 말인가?

"왜 저한테 그런 거짓말을 하셨습니까?"

"네가 아니라 거기 장교들에게 한 거지."

"장교들? 아!"

그제야 조명수는 상황이 이해가 갔다.

조명수의 아버지가 소장을 친구로 두고 있다.

그 말은, 부대 내부에서 부조리한 일이 벌어지면 조명수를 통해 조호수에게 넘어가고, 조호수는 소장에게 넘길 거라는 소리다.

"너 괴롭히는 놈이 있다면서?"

"저를 괴롭힌다기보다는……."

말하려던 조명수는 슬쩍 소장의 눈치를 살폈다.

어찌 되었건 군 계급에서 소장이 가지는 파괴력은 어마어마하다.

자신이 입을 나불거리는 거야 자신의 선택이지만 그로 인해 부대가 힘들어지는 건 문제가 된다.

"걱정하지 말거라. 난 여기까지만 끼어들 거거든."

소장은 미소를 지으며 말했다.

"이다음은 변호사랑 이야기하면 된다."

변호사라는 말에 약간 정신을 못 차리는 조명수.

그사이에 차는 어떤 커피숍 앞에 섰고, 거기서 소장은 헤어져서 자신의 차를 타고 현장을 떠났다.

"도대체 무슨 일이 벌어지는 겁니까?"

결국 물어볼 수밖에 없는 상황.

조명수의 질문에 조호수가 미소를 지으며 말했다.

"문제를 제대로 해결하려면 상대방이 백이 있다고 생각해야 한다고 하더구나. 그래서 소개를 받아 부탁을 드렸다."

"소개 말씀입니까?"

"그래."

물론 그 과정에서 소장에게 200만 원이라는 돈이 들어간 것은 비밀이다.

하지만 조호수는 그 돈이 아깝지 않았다.

최소한 자신의 아들은 더 이상 그 미친놈에게 시달리지 않을 테니까.

"들어가자꾸나."

두 사람이 안에 들어가자 노형진이 책을 보면서 기다리고 있었다.

"노 변호사, 미안합니다. 좀 늦었지요? 장교들이 천천히 가라고 하도 그래서."

"하하하, 그들도 본심은 아니었을 겁니다. 소장한테 빨리 가라고 하면 욕을 먹지 않겠습니까?"

노형진은 미소로 답하면서 두 사람에게 자리를 권했다.

"안녕하십니까! 조명수입니다."

"노형진 변호사입니다. 사건 이야기를 좀 듣고 싶어서요."

"사건이라 하시면?"

"부내 내에 부조리가 있다면서요? 그걸 장교들이 방치한다고 들었습니다."

"아!"

"아버님에게 대충 전해 들었습니다만, 아무래도 당사자에게 직접 듣는 것과는 좀 다르니까요."

군대에 가면 철든다는 말이 있다.

이게 틀린 말은 아니다.

대부분의 남자들은 군대에서 있었던 힘들고 고통스러운

이야기를 부모님이나 가족들에게 하지 않는다.

훈련소에서야 '살려 줘요.' 같은 장난기 있는 편지를 보내기도 하지만 실제로 얼마나 죽을 만큼 힘든지, 그리고 얼마나 많은 사람들이 군대에서 죽는지 말하지 않는다.

그런 말을 하면 부모가 걱정한다는 걸 알기 때문이다.

'그럼에도 불구하고 조명수는 사건을 이야기했단 말이지.'

그 말은, 이 사건이 선을 넘어도 한참 넘었다는 것을 의미한다.

조호수가 힘이 있는 사업가라는 건 조명수 나이쯤 되면 알테고, 그 힘을 이용해서 문제를 해결하고 싶어 한다는 것도 대충 알 것 같았다.

'그런데 또 그런 걸 티를 내는 성격도 아니란 말이지.'

그런 그가 대놓고 말했을 정도이니 내부는 생각보다 심각할 수밖에 없다.

"그게……."

"명수야, 일을 제대로 해결하려면 네가 사실대로 말해야 한다."

"……."

"뭘 걱정하는지 압니다. 저도 군대를 갔다 왔으니까요. 재판에 들어가면 국방부에서 부대를 가만둘 리가 없지요."

아마도 일정 이상의 선을 넘으면 국방부에서는 부대 해체라는 극단적 방법을 쓸 가능성이 높다.

그런데 그렇게 부대가 해체되어 각자 다른 부대에 편입되는 경우 상황이 애매해진다.

폐쇄적인 집단이라는 군대 특성상 외부에서 오는 병력을 반기지 않기 때문이다.

이등병이나 일병은 그나마 소위 말하는 짬이 안 되니까 적응할 수 있는데 상병이나 병장급이면 지금까지 엉뚱한 데 있다가 와서 고참 노릇을 하는 거니 싫어할 수밖에 없고, 실제로 그런 경우에는 대부분 그냥 아웃사이더로 남은 군 생활을 하다가 나오는 게 사실이다.

"하지만 이번에는 국방부에서 그런 일까지 하지는 않을 겁니다."

"네? 그게 무슨 말씀이십니까?"

"이번에는 국방부를 통해 사건을 해결하지는 않을 거라서요."

"그게 가능합니까?"

"도리어 그게 가능하게 만들어야지요. 국방부를 통해 문제를 해결한다? 그런 병신 같은 소리를 하기에는 제가 국방부에 대해 아는 게 너무 많네요."

쓰게 웃는 두 사람.

노형진만의 생각이 아니기 때문이다.

솔직히 대한민국의 남자라면 다 알 것이다.

국방부나 군대에 문제 해결을 요청하면 그건 문제 해결이 아니라 자신의 자살 요청서에 사인하는 꼴이라는 걸 말이다.

지금까지 군대는 철저하게 문제를 제기하는 사람에게 불이익을 줘서 입을 닥치게 하는 방법으로 발전해 왔다.

그건 단 한 번도 고쳐진 적이 없었다.

"그나마 지금은 최소한 초대형 군사 비리는 안 터트리지만요."

노형진이 그런 놈들을 국가보안법 위반으로 고발하는 시스템을 만들어 놨기 때문이다.

전에는 고발해 봐야 생계형 비리 운운하며 대충 풀어 주고 자기들끼리 해 처먹으면서 외부에다가는 군사기밀이라고 거짓말하며 스스로를 보호했지만, 그러한 군사 비리를 사보타주 행위로 국정원에 고발하면서 상황이 좀 나아졌다.

국방부와 국정원은 대대로 사이가 안 좋았기에 국정원이 그런 놈들을 가만두지 않았고, 그렇게 장군급이고 영관급이고 국정원에 털리고 나면 결국 그 결과는 무조건 예편이었기에 과거에 비해서는 확실히 비리가 덜했다.

"하지만 이야기를 들어 보니 그런 군납 비리 같은 게 아닌 것 같던데요."

"물품은 잘 나옵니다."

'그렇게 모가지를 날려 버렸는데 거기에 인생 거는 멍청한 놈들은 없겠지.'

국방부가 깨끗해져서?

아니다. 군납 비리라는 건 쿵짝이 맞아야 한다.

비리를 저지르고자 하는 자들과 그걸 받아 주어야 하는 장군이 함께해야 가능한 일인 것이다.

그런데 국방부에서 장군들은 어떻게 해서든 보호하려고 한다.

애초에 장군들과 장교들은 국방부에서 재판을 하게 되기 때문에 국정원의 입김이 덜하다.

하지만 그 군납을 하는 업체라면 이야기가 달라진다.

그들은 민간인이고 외부에서 재판을 받으며, 외부에서 하는 재판에 국방부의 힘은 소용이 없다.

도리어 국정원의 힘이 더 강하게 작용한다.

실제로 심각한 군납 비리 몇 건이 사보타주 혐의로 체포되어 처벌을 받았는데, 그 일로 과거처럼 뻔한 군납 비리를 저지르면 인생이 끝장난다는 것을 안 기업체들은 최소한의 선은 넘지 않으려고 하고 있었다.

그래서 군납이 나아진 거지 국방부가 깨끗해져서 그런 건 아니었다.

"그건 뭐 일반 병사들이 알 만한 문제는 아니지요. 신경 쓸 일도 없고요."

일반 병사들이 군납에 신경 쓰기 시작할 정도로 보급이 끝장난 상황이면 그때는 군대의 유지를 걱정해야 할 문제다.

전시도 아니고 평시에 그런 일이 터진다면 대한민국이 뒤집어져야 할 일이다.

"중요한 건 군대 내부에서 벌어지는 일인데. 일종의 파벌이 생겼다면서요?"

"파벌이라······. 파벌이라기보다는 조직에 가깝습니다."

"조직요? 군 내 사조직은 철저한 불법입니다만."

"그런 정치적 조직이 아닙니다. 형태로 보면······ 범죄 조직에 가깝습니다."

"그게 무슨 말이니? 군대에서 범죄 조직이라니, 무슨 말도 안 되는 소리야?"

군대에는 절대로 그런 조직이 생겨서는 안 된다.

무기를 다루는 조직이고, 그걸로 사람을 죽이는 훈련을 하는 곳이 바로 군대다.

그런 놈들이 범죄 조직화한다면 이만저만 큰 문제가 아니다.

"아······ 다 그렇다는 건 아닙니다. 다른 부대 사정은 잘 모르고요, 저희 부대가 그렇다는 겁니다. 전에 말씀드린······."

"자칭 조직폭력배의 아들?"

"네, 맞습니다."

그가 세력을 만들고 규모를 키우고 있는데 장교들은 아무 브레이크도 걸지 않는다는 거다.

"브레이크를 걸지 않는다는 게 무슨 말이니?"

"아버지가 조직폭력배라는 사실에 겁먹고 있습니다."

군인이 조직폭력배에게 겁먹고 손대지 못한다는 거다.

물론 충분히 그럴 수 있다.

슬픈 일이지만 장교들의 충성심이나 업무 능력은 사실 어떤 면에서는 일반 병사들보다 떨어진다.

일반 병사들이야 강제로 징집된 거고 어쩔 수 없이 오는 거지만, 그래도 내가 나라를 지킨다는 최소한의 사명은 있다.

그에 반해 장교들은 그냥 직업이 군인인 것이다.

그러니 부패하고 썩고 범죄를 저지를 수 있는 것이다.

한국 사람들은 일본의 자위대를 공무원이라고 얕잡아 보지만, 사실 대한민국 군대의 장교들 역시 어떤 면에서는 공무원일 뿐이다.

최소한의 부대 관리도 못하는 놈들이 넘쳐 나는 걸 보면 알 수 있다.

"어차피 1년 반이면 나갈 인간이다 이거군요."

길게 데리고 있을 애가 아니다.

그런데 그놈이 저지르는 행동을 막고 싸우고 교정하려고 하면 그 조직폭력배가 들이닥칠지도 모르는 상황이고, 설사 아니라고 해도 결국은 승진에 목매야 하는 군대의 특성상 작은 사고라도 보고해 버리면 승진 누락은 확실하게 정해지는 거다.

군대는 사건을 해결하기보다는 은폐하는 게 유리한 시스템이니까.

"그게 가능하다고 생각하시는 겁니까?"

"정상적인 상황이라면 그렇지요. 하지만 때때로 부대장이 무능력한 경우 어떤 돌발 상황이 벌어질지 모릅니다. 옛날 영화 기억하시죠? 〈우리들의 찌그러진 영웅〉."

"기억하지요."

"그 영화에서 보면 반장이라는 놈이 선생님의 권력을 등에 업고 모두를 탄압하지요. 그리고 선생님은 그걸 알면서도 그냥 둡니다. 귀찮다는 이유 하나만으로요. 그게 정상이라고 생각하십니까?"

"……."

당연히 정상이 아니다.

정상이라면 그런 내용으로 영화가 나왔을 리가 없다.

"군대도 마찬가지입니다."

문제를 해결하기 위해서는 여러 가지 과정을 거쳐야 하는데, 지금 상황을 보면 그 과정에서 장교들의 무능이 드러날 수밖에 없다.

"그러면 승진에는 치명적인 타격이 옵니다. 장교들은 그걸 원하지를 않으니 그냥 덮고 싶은 거지요."

그 영화처럼 통제해야 하는 놈들이 이권에 붙어 버리면 군대라는 곳은 급속도로 변하기 마련이다.

"하지만 다른 계급도 있지 않습니까?"

"그 영화에서도 선생은 많았습니다. 옛말에 그런 말이 있지요. 악이 승리하기 위해 필요한 것은 선의 방관이다."

자신들한테만 문제를 일으키지 않는다면 상관없다는 그 태도가 문제인 것이다.

"하지만…… 군대인데……."

"애초에 군대에서 그런 조직화가 자기네 전통이라고 우기는 곳도 있는데요, 뭘."

"네? 그런 곳도 있다고요?"

"엄밀하게 말하면 기수 열외도 그런 조직화의 일부입니다."

기수 열외. 부대 내에서 인정받지 못하고 병신 취급하는 일종의 사적제재다.

일부 부대에서는 그러한 행동을 자신들의 전통이라고 주장한다.

그러한 행동을 통해 잘못된 병사들을 계도한다는 거다.

"그런데 그 '잘못된 병사'라는 판단은 누가 하지요?"

장교가? 그럴 리가 없다.

장교가 기수 열외를 명령하면 그건 이만저만 큰 범죄가 아니다.

"대부분 그 기수 열외를 명령하는 놈들은 다른 권력을 가진 병사들이지요. 그리고 병사 간의 명령은 명백한 군법 위반입니다."

아무리 좋게 포장해도 아무리 전통이라고 우겨도, 결국은 군법 위반이고 처벌을 받아야 하는 행위다.

"조직화라고 해서 그들이 막 범죄 조직처럼 그렇게 활동하지는 않을 겁니다. 안 그런가요, 명수 군?"

"그렇습니다. 선은 넘지 않습니다만, 부대 내에서는 왕처럼 행동합니다."

병사들을 노예처럼 쓰거나, 자기 파벌은 쉬게 하고 다른 사람들만 작업을 내보낸다거나 하는 식으로 움직인다는 것.

"질서에 반하는 부대원이 있으면 폭행도 불사하고요."

"아마도 그 질서에 반하는 부대원은 상병급 이상의 사람들일 테고."

아무리 상병급이나 병장급이라고 해도 장교가 방치하는 상황에서 뭔가를 하는 것은 불가능하다.

"저야 아버지가 좀 산다는 걸 알아서 그런지 크게 터치는 안 합니다. 하지만 어떤 경우에는 병장도 자기 노예처럼 부립니다."

"웃기는군요. 어디서 본 것 같은 거네요."

"어디서 본 거라니요?"

"그런 게 있습니다."

군대에 간 병사 한 명이, 아버지가 재벌이었다.

그런데 사실 장교도 아니고 병사로 간 것인 만큼 제대로 군 생활하고 제대하면 그만이었다.

부대에서도 재벌가 자제인 걸 아니 혹독하게 대하지는 않을 테니까.

하지만 국방부는 그에게 하사관 한 명을 노예로 붙여 줬다.

자는 데 불편하다는 이유로 생활관 하나를 통째로 비워서 쓰도록 해 줬고, 그를 위해 샤워장을 새로 만들어 줬으며, 하사관을 통해 빨래를 대신해 줬다.

심지어 수시로 무단 탈영을 했음에도 불구하고 모른 척하기까지 했다.

결국 하사관이 나중에 자괴감을 느끼고 고발하면서 일이 터졌지만 흐지부지 끝났고, 그 하사관만 처벌받고 바뀌는 건 없었다.

"뭐, 멀리 갈 필요도 없지 않습니까? 지금 아드님을 위해 장군 한 명 데리고 왔지요. 그게 어려웠나요?"

"그다지…… 어렵지는…… 않았군요."

그냥 아버지 친구라고 소개해 준 것뿐이고, 그 200만 원으로 남은 군 생활은 탄탄대로나 마찬가지였다.

"군대에 가면 고생길이 환하다고 하지요. 만일 돈 좀 들여서 자식의 1년 6개월을 살 수 있다고 하면 누가 그걸 외면할까요?"

물론 자유가 되지는 못하겠지만, 최소한 부당한 학대와 가혹 행위로 자살하거나 맞아 죽을 가능성은 사라진다.

그리고 군대에서는 그런 게 제일 문제가 된다.

사실 부대 내에서 정당한 훈련 같은 걸로 사람이 죽는 경우는 그다지 많지 않다.

대부분의 군대 내부의 사망 사고는 막을 수 있는 인적 재앙이다.

그걸 막지 않으려고 해서 생기는 거지.

"저는 괜찮습니다만 그놈들 때문에 부대가⋯⋯."

"그 숫자가 얼마나 됩니까?"

"그놈이 저랑 동기이고 병장이 두 명, 상병이 다섯 명 정도 됩니다. 일병과 이등병을 합하면 대략 열두 명 정도 되고요."

"브레이크를 거는 사람은 전혀 없고요?"

"없습니다. 부대 내부에 몇 번이나 이야기했습니다만."

"일단은 오늘 가서 한 번 더 이야기하세요."

"한 번 더 말입니까?"

"이제는 상황이 달라졌으니까요."

장군이 왔다 갔고, 아마도 대대장이나 중대장은 병신이 아닌 이상에야 지금 조명수가 밖에서 무슨 말을 하고 있을지 전전긍긍하고 있을 것이다.

"그러니 이번에 가서 강하게 말하면 대대장이 제대로 일할 겁니다."

"아!"

웃긴 일이지만 자신이 전화해서 항의해 봐야 바뀌는 건 없다. 그저 장군과 친하다, 그 하나로 문제를 해결할 수 있는 게 현실이다.

"하지만 쉽게 고쳐질까요?"

"쉽게 고쳐지지는 않을 겁니다. 하지만 시도는 해 볼 수 있겠지요. 최소한 이번에는 말입니다. 그리고 그것 말고도 방법은 많습니다."

"방법이 많다고요?"

"일단 첫 번째 방법을 쓰고 이야기하지요."

그게 안 된다면 두 번째 방법을 쓰면 된다.

⚖️

"충성. 대대장님께 부름받고 왔습니다."

"오, 그래. 외박은 잘 다녀왔고?"

아니나 다를까, 조명수가 돌아오자마자 대대장은 그를 불렀다.

혹시나 무슨 말을 하지 않을까 해서였다.

"잘 다녀왔습니다. 아버님과 장군…… 아니, 친구분도 잘 돌아가셨습니다."

"그래, 다행이구나."

그렇게 말하면서 대대장은 왠지 모르게 조명수의 눈치를 보았다.

그걸 보고 조명수는 기가 막혔다.

'이게 소장의 힘인가?'

뭐라고 한 것도 아니었고 공식 방문도 아니었다.

그저 자신의 아버지의 친구로서 이곳을 방문한 것뿐이다.

그럼에도 불구하고 이렇게 대우가 달라지다니.

'그래, 내가 독해지자.'

자신만 편해져서는 안 된다.

이 문제를 해결하지 않으면 조만간 진짜 누가 죽을지도 모른다.

과연 그 상황에서 자신이 양심의 가책을 이겨 내고 살 수 있을까? 그는 자신이 없었다.

"대대장님, 드리고 싶은 말씀이 있습니다."

"하고 싶은 말?"

"네. 사실은 군 내부에 좋지 않은 사조직이 있습니다."

"사조직?"

그 말에 대대장은 눈에 띄게 움찔했다.

하긴 지금 하는 말이 처음 하는 것도 아니다.

중대장을 통해 보고도 해 봤고 심지어 마음의 편지까지 써 봤다.

'모를 리가 없지.'

그리고 그게 문제가 된다는 걸 알기에 대대장도 움찔할 수밖에 없었으리라.

'하지만 이번에는 제대로.'

이미 마음을 굳힌 조명수는 담담하게 말했다.

"그렇습니다. 군 내부에서 사실상 폭력 조직과 같은 행위를 벌이고 있습니다. 아무래도 그 문제를 해결해야 할 것 같습니다."

조명수의 말을 대대장은 이번에는 무시할 수가 없었다.

⚖️

얼마 후 부대가 발칵 뒤집어졌다.

대대장이 조사를 명령했고, 중대장은 당장 자신이 아는 모든 걸 조사해서 대대장에게 보고를 올렸다.

아무리 문제 되는 병사의 조폭 아버지가 무섭다고 해도 더 무서운 건 군대, 그것도 소장이다.

당연히 멍하니 있다가 당하는 꼴이 된 조명수의 동기는 눈깔이 돌아갔다.

"이런 씹쌔가! 야, 뒈질래? 어? 지금 장군 하나 왔다 갔다고 해서 세상이 바뀐 것 같아?"

"그만하자, 종칠아. 여기 군대다."

"군대면 뭐? 군인은 배때기에 칼 쑤셔도 안 들어가?"

"지금 너 선 넘는 거다."

이종칠. 조명수의 동기이자 이번 사건의 주범이었다.

"내가 그동안 적당히 하라고 했지? 너희 아버지 백 믿고 여기서 편하게 살려고 하는 거 이해한다, 그래. 그런데 선은 넘지 말아야지, 어? 이등병들하고 일병들한테 돈 갈취하고 있다면서?"

"어떤 씹쌔끼가 그러디? 돌려준다고! 빌린 거라고!"

"내가 들은 것만 해도 벌써 400만 원이 넘는데? 너 제대할 때까지 받은 월급 다 돌려줘도 그거 다 못 갚아."

"이 새끼가 누굴 거지로 아나? 아버지가 왔을 때 한 방에 갚으면 되잖아! 야, 룸살롱에서 하루에 나오는 돈이 얼마나 되는지는 아냐?"

"모르지. 애초에 너랑 같이 룸살롱이라는 곳을 가 본 적이 없는데. 그렇게 맨날 자랑만 하지 말고 좀 데려가 보지?"

물끄러미 바라보면서 따박따박 던지는 조명수의 말에 이종칠의 얼굴은 사정없이 일그러졌다.

"너 이 새끼, 내가 영창 갔다 오고 나서 두고 보자. 내가 너 하나는 담근다. 알았냐?"

"재주껏 해 봐."

이종칠의 협박에 조명수는 코웃음을 쳤다.

⚖️

영창.

군대에서 지휘관의 명령에 따라 보낼 수 있는 일종의 감옥 같은 거다.

다만 다른 점은 영창은 최대 14일만 가능하며 재판 없이도 보낼 수 있는 공간이다.

그리고 그만큼 군 생활이 늘어난다.

나중에는 그러한 영창이 부당하게 사용되는 경우가 워낙 많아서 사라지게 된다.

　한 번에 최대 14일이 만창이지만 마음에 안 들면 14일씩 계속 보내는 게 불법이 아니었기 때문에 지휘관들이 재판도 없이 병사들에게 보복하는 용도로 사용하면서 결국 사라지게 되나, 아직은 아니다.

　그리고 영창은 아무래도 군 내부에서도 사고로 취급하지 않는다는 것이 가장 큰 문제다.

　병사를 영창에 보내도 인사고과가 그다지 많이 깎이지 않기 때문에 지휘관들은 자신들의 인사고과를 지키려는 목적으로 정식으로 고발하는 대신에 영창을 보내기도 한다.

　이번에도 그랬다.

　사건의 규모로만 본다면 사실 정식으로 헌병을 부르고 제대로 고발해서 군사재판을 받도록 해야 했지만 대대장은 자신의 커리어가 끝나는 것을 원하지 않았고, 그 때문에 그는 이종칠을 소위 만창이라고 불리는 영창 14일을 보내는 것으로 끝냈다.

　그 정도만 해도 충분히 정신을 차릴 거라고 생각한 것이다.

　사실 일반 병사 입장에서는 군 생활이 14일이 늘어나는 건 엄청나게 짜증 나는 일이었기 때문에 대부분은 영창을 갔다 와서 조용히 사는 걸 선호한다.

　다시 영창 가면 또 늘어날 테니까.

그러나 이종칠은 달랐다.

"나 왔다."

만창이 끝난 후에 돌아온 이종칠.

그런데 그사이 부대의 분위기는 180도 달라져 있었다.

이종칠이 떠난 후에 대대장과 중대장이 군 내에 사조직을 만드는 것은 불법이라고 세뇌에 가까운 교육을 했기 때문이다.

"수고했다. 짐 풀고, 내일부터는 다시 잘해 보자."

일단 조명수는 이종칠에게 먼저 손을 내밀었다.

하지만 이종칠의 생각은 다른 모양이었다.

그는 조명수의 손을 물끄러미 보더니 그대로 탁 쳐 냈다.

"씹째끼야, 내가 갔다 와서 두고 보자고 했지?"

"아직 정신 안 차렸냐?"

"정신 못 차린 건 너야."

밖으로 나간 이종칠은 후임 병사들에게 소리를 버럭 질렀다.

"내 밑으로 집합! 지난번에 꼰지른 새끼들 뒈질 줄 알아라! 알았냐!"

여전히 바뀌지 않은 이종칠을 보면서 조명수는 아무래도 이 싸움이 끝까지 가야 할 것 같다는 생각을 할 수밖에 없었다.

다음 권으로 이어집니다

꿈의 도약, 로크에서 하십시오
(주)로크미디어에서 신인 작가를 모십니다

즐거운 세상, 로크미디어는 꿈을 사랑하고 도전을 두려워하지 않는 작가 분들의 참신한 작품을 기다리고 있습니다. 21세기 장르 문학계를 이끌어 갈 차세대 선두 주자 (주)로크미디어에서 여러분의 나래를 활짝 펴 보시길 바랍니다.

모집 분야 판타지와 무협을 포함한 장르 문학
모집 대상 아마추어 작가, 인터넷 작가
모집 기한 수시 모집
작품 접수 시 유의 사항
1. 파일명은 작가명_작품명.hwp형식을 갖춰 주십시오.
1. 파일에 들어갈 내용은 다음과 같습니다.
   - 성명(필명인 경우 실명을 밝혀 주세요), 연락처, 이메일 주소
   - 제목, 기획 의도
   - A4용지 1장 분량의 등장인물 소개
   - A4용지 2장 분량의 전체 줄거리
   - 본문
1. 작품이 인터넷에 연재되고 있다면, 게시판명과 사이트의 구체적이고 정확한 주소를 기재해 주십시오.

선택된 작품은 정식 계약 후 출판물로 간행되어 전국 서점에 유통됩니다.
작가 분은 (주)로크미디어의 전폭적인 지원하에 전속 작가로 활동하시게 됩니다.
※ 자세한 내용은 로크미디어 홈페이지(rokmedia.com)를 참조하세요.

(03920)서울시 마포구 성암로 330 DMC첨단산업센터 3층 318호
(주)로크미디어 편집부 신간 기획 담당자 앞
전화 : 02) 3273-5135
www.rokmedia.com   이메일 : rokmedia@empas.com

만렙닥터

13월생 현대 판타지 장편소설

리턴즈

인생 2회 차 경력직 신입
칼솜씨도, 인성도 '만렙'인 의사가 돌아왔다!

만성 인력난에 시달리는 흉부외과에 들어온 인턴
메스도 잡아 본 적 없는 주제에
죽을 생명을 여럿 살려 내기 시작한다?

"이 새끼, 꼴통 맞네."
"죄송합니다."
잘했어!
"네?"

출세만을 좇으며 살았던 전생
이렇게 된 이상 인생도 재수술 한번 가자!

무데뽀(?) 정신으로 무장한 회귀 의사
이제부터 모든 상황은 내가 집도한다!

南魔喜帝 남궁마제

문운도 신무협 장편소설

회귀한 뇌왕, 가족을 지키기 위해 정파의 중심에서 제대로 흑화하다!

세상을 뒤집으려는 귀천성에 맞서 싸우다
가족을 모두 잃고 제물로 바쳐진 뇌왕 남궁진화
마지막 순간 원수의 뒤통수를 치고 죽으려 했으나
제물을 바치는 진법이 뒤틀리며 과거로 회귀하다!?

남궁세가의 양자가 된 어린 시절로 돌아온 후
귀천성이 노리는 자신의 체질을 연구하다 기연을 얻고
회귀 전과 다른 엄청난 미모와 함께
뇌전의 비밀마저 알아내 경지를 뛰어넘는데……

가족들에게는 꽃처럼 사랑스러운 막내지만 적이라면 일단 패고 보는 패악질의 끝판왕! 귀천성 때려잡기에 나서다!